TRIEBSP

Für A.

HEIKE DUKEN

TRIEB SPIEL

EROTISCHER ROMAN

ANAIS

Inhalt

1. KAPITEL

MISCHA: SPERRZONE

Er saß im Wartebereich der Notaufnahme einem gleißend hellen Licht gegenüber, das aus einer offen gelassenen Tür heraus schien, und wartete nicht etwa darauf, in dieses Zimmer gebeten zu werden, dort geheilt, operiert, eingerenkt oder genäht zu werden. Er hatte tatsächlich nichts Besseres zu tun, als zu heulen. Sich leidzutun. Sich vorzustellen, es hätte ihn übel erwischt und eine gütige, schöne Frau würde ihn sich vornehmen, ihn untersuchen, betäuben, aufschneiden, entrümpeln und wieder zumachen und ihm nach dem Aufwachen zeigen, was in ihn hineingeraten war, kein Mensch wusste mehr wie, aber jetzt war es draußen. Er konnte es begutachten, tief Luft holen, ach du Scheiße, ganz schön groß das Teil, und das haben sie rausgeholt? Sie würde lächeln, ihm eine Hand auf die Schulter legen und sagen: »Da haben Sie noch mal Glück gehabt. Ein paar Stunden später und …«

Die Hand auf seiner Schulter würde ihm guttun, spürbar den Heilungsprozess vorantreiben, sodass er bald so weit sein würde, sich diese Hand woanders zu wünschen als auf seiner Schulter.

Er sah an sich herunter auf den Reißverschluss seiner Jeans und unterbrach kurz das Weinen, um verächtlich zu schnauben.

Tot. Sein Ding da unten war tot. Ein Gartenschlauch, eine Gummischlange zum Erschrecken, eine Banane, vergessen im unteren Bereich des Obstkorbes.

Ein Mann mit einem toten Schwanz war wie ein kleiner Junge, da konnte man so eine Hand auf der Schulter wirklich brauchen. Dann weiß der kleine Junge, dass schon jemand auf ihn aufpasst. Und von den Schrecken, die ihn erwarten, wenn das kleine Etwas in der Mitte seines Körpers zum Leben erwacht, hat er noch nicht die leiseste Ahnung. Er weiß nur, dass er die Frau, der diese Hand gehört, heiraten und glücklich machen würde, später zumindest, wenn er Bundeskanzler, Polizeichef oder Pathologe geworden war, wenn nur dieser grobe Mensch, der behaarte, ins Riesige überwachsene, furchtbare Typ sich nicht schon über sie hergemacht hätte.

Die Hand strich ihm über den Nacken und verfing sich ein bisschen in seinen Locken, das machten sie alle gerne, in seinen Locken herumwühlen, das hatte schon seine Mutter gerne getan, Rebekka und die ganzen jungen Dinger der letzten Zeit auch. Oh Gott, da hätte er jetzt nicht dran denken dürfen. An diese Mädchen, an seine Mutter und zu guter Letzt: Rebekka.

Er musste den Kopf schütteln.

Und dann passierte es einfach. Es rutschte ihm so heraus, ganz leise, aber trotzdem: »Mama.«

»Ich bin ja da.«

»Was?«

Er richtete sich auf.

Die Hand auf seiner Schulter griff fester zu, als wollte sie ihn zu irgendwas ermutigen. Er wandte sich um. Neben ihm saß tatsächlich eine Frau. Sie trug einen schwarzen, flauschigen Pullover, ihr Busen war ziemlich groß und bewegte sich hoch und runter.

Die Frau atmete, so viel war klar.

»Du hast Mama gesagt.«
»Ich hab nicht Mama gesagt. Ich hab Mannomann gesagt.«
»Ach so.«
»Wirklich.«
»Natürlich.«
»Könntest du die Hand da wegnehmen?«
»Ist ihr was passiert? Deiner Mutter?«
Mit dem Heulen war es jedenfalls vorbei.
»Scheiße«, sagte er jetzt.
»So schlimm?«
»Was?«
»Das mit deiner Mutter.«
»Würdest du mich bitte in Ruhe lassen?«
Sie zuckte mit den Schultern und setzte sich ans andere Ende der Stuhlreihe, wo ein Junge mit offenbar frisch gebrochener Nase vor sich hin stierte. Der war vielleicht dreizehn. Höchstens. Und offensichtlich ganz allein auf der Welt.

Mischa hätte sich jetzt gerne wieder konzentriert und weitergeheult, aber versaut war versaut. Und das war nicht seine erste versaute Nacht, das war nur eine weitere in einer endlos langen Kette von beschissenen Nächten. Diese Nacht brauchte sich also nicht das Geringste einzubilden.

Er konnte dann doch nicht anders. Er sah noch mal zu der Frau rüber.

Es war ihr natürlich peinlich, dass sie ihn angesprochen hatte. Sie starrte auf den Boden, wo nicht wirklich was Interessantes zu finden war. Und tatsächlich gibt es wohl kaum was Peinlicheres als so eine unheimlich gut gemeinte Fürsorglichkeit, wenn die überhaupt nicht angesagt, sondern alles in bester Ordnung ist.

Doch, eine Sache wäre da noch, er würde mal sagen: Peinlichkeitsfaktor 10. Keinen hochzukriegen zum Beispiel, während ein einwandfrei hübsches Mädchen nackt und mit großen Erwartungen unter einem im Bett liegt. Da passte er auf, normalerweise, dass ihm das nicht passierte, und trotzdem war es vor nicht allzu langer Zeit, vor zwei Stunden etwa, so weit mit ihm gekommen, das musste er sich eingestehen. Wie hieß sie noch mal? Maria? Lisa? Mit Lisa lag man in der Hälfte der Fälle richtig. Er hatte das für eine gute Idee gehalten, sich noch was aufzureißen. Wegen Rebekka und allem. Diese Mädchen unter zwanzig fackelten nicht lange, wenn man Glück hatte, und mit Sagen-wir-mal-Lisa hatte es eben geklappt. Das konnte ja keiner ahnen, wie das ausgehen sollte, das war ja nicht vorherzusehen. Dass einem immer noch was bevorstand, egal wie viel man schon hinter sich hatte. Und jetzt saß er hier und gab sich düsteren Gedanken und einer gewissen Hoffnungslosigkeit hin.

Die Frau mit dem schwarzen Pullover rutschte auf ihrem Stuhl hin und her. Sie tat ihm leid. Es war nicht zu fassen, er war am Boden zerstört, ein Wrack, aber sie tat ihm leid. Sie war nett zu ihm gewesen, oder etwa nicht. Und wie behandelte er sie?

Also: Sie war hübsch. Sie tat ihm leid. Er lächelte sie an.

Sie stand auf und kam entschlossen auf ihn zu, ihre Turnschuhe quietschten auf dem Krankenhauslinoleum. Jetzt war sie ihm unheimlich. Da sollte er besser die Finger von lassen. Aber sagte er sich das nicht immer? Morgen würde sie neben ihm aufwachen, ohne Pullover, ohne Schuhe, nur ein Körper, schlank, hübsch, nur die Hülle, mit einem kleinen Eingang, den er benutzt hatte, Sackgasse, weiter war er nicht gekommen.

Sie lief allerdings an ihm vorbei. Ohne noch mal zu ihm hinzuschauen. Er konnte ihren Hintern in einer ziemlich engen Jeans begutachten, das war alles.

Die Tür zum Behandlungsraum stand wieder offen, und das Licht umrahmte ihre Gestalt, sodass sie wie ein Engel ohne Flügel aussah oder wie Christus selber, gerade aus der Höhle geklettert und mit der ganzen Helligkeit des Universums ausgestattet.

Plötzlich waren sie zu zweit. Zwei Engel.

Der eine sagte: »Und? War's schlimm?«

Der andere sagte: »Alles wieder im Lot« und bewegte seinen Arm hin und her, wahrscheinlich um zu zeigen, dass alles wieder im Lot war.

Besorgtes »Kannst du laufen?« und »Ach, du Armer!«.

Sie tätschelte dem Typen den Rücken.

»Ach, du Armer!«, meine Güte, irgendwas störte Mischa gewaltig an ihrem Getue. Der Typ war bestimmt zehn Jahre älter als sie und hatte eine rasierte Glatze, vermutlich weil es mit dem Haarwuchs nicht mehr so weit her war. Er tat ein bisschen umständlich beim Jackeanziehen, bestimmt, damit sie sich noch eine Weile um ihn kümmerte. Der Idiot.

Und? Was regte er, Mischa Mackenroth, sich schon wieder so auf? So konnte das nicht weitergehen, er musste sich von Frauen noch ferner halten. Er musste sich so ein Band kaufen, wie zum Absperren von gefährlichen Baustellen oder Löchern in der Straße, so ein rot-weißes, das musste er um sich herum tragen. Und über das Band durfte keine Frau mehr drüber. Das war Sperrzone für Menschen mit Muschi. Aber wie er die kannte, die Frauen, scherten die sich einen Dreck um so eine Absperrung. Das war denen gerade egal. Die machten sich noch einen Spaß draus, drüberzusteigen. Haha, ich bin drüben, kicher kicher. Ein kleiner Elektrozaun musste schon dazu installiert werden, wie für Schafe, aber wesentlich stärker natürlich. Dass wenn Frauen sich ihm näherten, sie ordentlich einen gewischt kriegten, also schon so, dass sie hinfielen oder in Ohnmacht, sonst war das für die Katz, das konnte man sich vorher ausrechnen.

Was hielt ihn hier noch? Der Typ, den er aufgelesen hatte, bewusstlos und besoffen, Gesicht auf dem Asphalt, der war versorgt, bekam wahrscheinlich den Magen ausgepumpt oder irgendwelche Infusionen, egal, der brauchte ihn nicht mehr zu kümmern.

Mit dem Heulen war es auch vorbei. Sich unmöglich zu machen, schon passiert. Zeit, nach Hause zu gehen.

»Komm, wir gehen noch auf ein Bier«, sagte der Typ.

»Echt?« Sie freute sich über irgendwas, dass es ihrem Schatz wieder so gut ging oder weil sie noch was von der Nacht haben wollte.

»Kommst du mit?«, fragte sie dann.

Wer? Er etwa? Mit den beiden? Was sollte das denn werden? Eine Mitleidsnummer?

»Er hat geweint«, raunte sie dem Typen von der Seite ins Ohr.

Der legte seinen gesünderen Arm um die Frau und nickte ihm, der geweint hatte, aufmunternd zu.

»Warum nicht. Wohin geht's?«, hörte er sich sagen, möglichst unbefangen natürlich.

»Trocadero?«, fragte sie.

»Astrein«, antwortete er und hatte dabei eine seiner düsteren Vorahnungen. Das Schicksal nahm wahrscheinlich gerade mal wieder seinen unvermeidlich tragischen Verlauf.

2. KAPITEL

NATASCHA: BUSEN

Ich habe ihn gut ausgesucht, diesen Jungen. Er saß in der Notaufnahme, und ich dachte, dem ist wer gestorben oder dem ist was Schreckliches passiert, aber das stimmte alles nicht, das war noch schlimmer. Er starrte mir dauernd auf den Busen, als wollte er daran nuckeln. Es wäre mir egal gewesen, ich hätte den Pullover ausgezogen und ihm die Brust gegeben, aber das hätte er bestimmt abgelehnt. Männer lehnen in der Regel ab, was ihnen helfen könnte.

Er hat ein Problem mit Frauen. Da stimmt was nicht, mit ihm und den Frauen. Ich werde das rauskriegen und heilen. Geheime Mission: Natascha. Und natürlich werde ich mit ihm schlafen.

Aber das ist es nicht. Es ist wegen Paul. Es gibt so wenige Menschen, die Paul zum Lachen bringen. Oder zum Sprechen. Es gibt so wenige, die dieser unendlichen Anzahl von Bieren standhalten und immer noch da sind, und die Paul vielleicht das Wasser reichen können. Denn Paul ist eben Paul, der muss nicht geheilt werden. Wenn er was hat, geht er ins Krankenhaus und lässt sich wieder einrenken. Er war auf der Treppe zur Haustür ins Stolpern gekommen, wollte sich am Geländer abfangen, und zack war der Arm draußen aus dem Kugelgelenk.

In der Notaufnahme musste ich natürlich draußen warten, keine Diskussion (ich hätte ja Pauls Gesicht sehen können, wie es sich vor Schmerz verzerrt). Doch alles hat ja auch sein Gutes, denn da saß dieser Junge, und ich habe ihn mitgenommen. Hätte ich ihn sitzen lassen sollen, so ganz allein? Wäre das nicht grausam gewesen?

Sie haben im Trocadero mit ihren Handys herumgespielt und ihre Nummern ausgetauscht und sich geschworen, dass sie sich auf jeden Fall anrufen und sich auf jeden Fall wiedersehen.

Ach, sollen die Männer ruhig was ausmachen. Ich habe nicht darauf bestanden. Ich habe nichts dazu getan.

Aber mir selbst kann ich nichts vormachen. Ich weiß, wie man so etwas einfädelt. Ich weiß, wie man sich in Gefahr begibt. Und schon liegt wieder irgendetwas in Trümmern. Denn nichts, wirklich gar nichts schützt uns vor den eigenen Wünschen.

3. KAPITEL

MISCHA: HOLZWEGE

Er lag im Bett, sah sich *Die Sendung mit der Maus* an und diagnostizierte den eigenen Zustand als bedenklich. Zu viele Zigaretten, zu viel Bier, zu wenig Schlaf. Aber das kannte er ja schon. Das war zu einer Art Normalzustand geworden.

Ansonsten war es im Trocadero ganz gut gelaufen. Natascha aus der Notaufnahme hatte zwischen Paul, ihrem Typen, und ihm, Mischa, gesessen und sie alle beide so richtig um den Finger gewickelt. Sie hatte ihm unter dem Tisch die Hand auf sein Bein gelegt und ihn eine Weile nicht an Rebekka und nicht an seinen toten Schwanz denken lassen, sondern daran, was Paul, Nataschas anwesender Ehemann, wohl davon halten mochte.

Der merkte so was sofort, der gehörte nicht zu den ganz Bescheuerten, blieb aber schön cool, also dermaßen cool, da konnte man was von lernen. Paul war sowieso einer von den cooleren Typen. Mit so einem Selbstbewusstsein, mit so einer Lässigkeit, wie konnte irgendwer so dermaßen mit sich im Reinen sein?

Sie hatten jedenfalls ihren Spaß gehabt: Paul und Mischa überm Tisch und Natascha und Mischa unterm Tisch.

Aber jetzt ging dieses Programm wieder los in seinem Kopf, als hätte nur jemand kurz auf Pause gedrückt, und was war das für ein mieses Programm. Eine Doku-Soap. Mischa Mackenroth, der Vollzeit-Loser. Zu nichts zu gebrauchen, außer Frauen anderer Männer, die tatsächlich überhaupt nichts ausgefressen oder sich irgendwie unbeliebt gemacht hatten, zu nichts Gutem zu verleiten. Und drei halbe Tage in der Woche wildfremde Menschen anzurufen, um ihnen Telefontarife zu verkaufen, mit denen sie schlecht dran waren. Offiziell studierte er immer noch Jura, aber jeder wusste, dass er sich nie in der Uni blicken ließ, dass er keine Bücher bei sich rumliegen hatte und dass er seine Zeit mit was anderem verbrachte als mit Strafrecht, Verwaltungsrecht und solchem Kram.

Die Maus klapperte mit ihren Augendeckeln.

Er fühlte sich mies.

Er überlegte allen Ernstes, die Telefonseelsorge anzurufen oder den Krisendienst. Das hatte Rebekka, seine Ex, ihm geraten, er solle doch den Krisendienst anrufen anstatt sie. Nachdem sie diese SMS geschrieben hatte, diesen Todesstoß: WERD ERWACHSEN MACH EINE THERAPIE ES IST AUS.

Frauen sollten so was nicht tun, das war seine Meinung. Frauen sollten irgendwie lieb sein. Stattdessen waren das Monster, die nur so aussahen, als wären sie lieb. In ihrem Inneren versteckten sie ein Wesen von unvorstellbarer Grausamkeit. Dem war man als Mann nicht gewachsen, da konnte man einpacken. Lehnte man sich auf, wurde man entsorgt, man landete im Restmüll, dort traf man auf die anderen alle, die das gleiche Schicksal beklagten und so erbärmlich aussahen, dass man unmöglich glauben konnte, nun einer von denen zu sein.

Warum dachte er jetzt überhaupt an Rebekka? Ach ja, weil er sie getroffen hatte, gestern, früher Abend, in seiner Stammkneipe wohlgemerkt, zu der Exfreundinnen der Zutritt eigentlich verwehrt sein sollte, das war seine Meinung. Sie hatte Stiefel angehabt und einen viel zu kurzen Rock und war direkt auf ihn zugekommen, als hätte sie sich absolut nichts vorzuwerfen, mit einem Typen an ihrer Seite, so ein Graumelierter mit Vollbart und gütigem Lächeln.

»Bist du jetzt mit dem Nikolaus zusammen? Na herzlichen Glückwunsch!«, hatte Mischa gesagt, das war doch schlagfertig und witzig gewesen, oder etwa nicht.

Rebekka hatte mit den Schultern gezuckt und gesagt: »Werd erwachsen.«

Da hätte ihr aber auch mal was Neues einfallen können.

Er sollte sowieso aufhören, an Rebekka zu denken. Und sich diese Natascha vornehmen. Oder sonst eine, egal welche, verdammt noch mal, irgendeine halt.

Doch vorher klingelte ein Handy. Es klingelte nicht wirklich, sondern spielte *This is the end*. Also war es seins. Es lag auf dem Fußboden etwas außerhalb seiner Reichweite, vibrierte antirhythmisch mit und legte dabei kleine Wegstrecken zurück, aber nicht in seine Richtung. Er hatte keine Lust, aufzustehen. Wer wollte was von ihm? Auf dem Display irgendeine Nummer. Wenn er jetzt ranging, sollte diese Nummer gleich merken, dass er nicht zu irgendwelchen Späßen aufgelegt war.

»Ja?«, blaffte er.

»Paul hier.«

Das war doch mal ein Lichtblick. Paul durfte ihn ruhig anrufen. An Paul war erst mal nichts verdächtig. Außer dass es erst ein paar Stunden her war, dass sie sich verabschiedet hatten, schwankend und einander in den Armen liegend.

»Hi Paul. Habe ich jetzt einen Stalker am Hals?«

Paul lachte. Dieser Mann ließ sich nicht so leicht aus dem Konzept bringen. »Wie geht's dir?« fragte er.

Schwierige Frage. Was konnte Mischa schon antworten, ohne zu lügen und ohne ein Fass aufzumachen. Paul sollte ihn aber auch nicht unbedingt für einen Typen halten, der nichts zu sagen hatte.

»Mir? Schlecht.«

»Warum?«, fragte Paul.

»Verkatert.«

»Und sonst?«

»Hm. Weiß nicht. Warum fragst du?«

»Warum ich frage?«

»Ja, warum?«

»Na, weil's mich interessiert.«

»Komisch«, sagte Mischa und hörte sich das sagen und schaute auf das Poster von Che Guevara an der Wand und fragte sich, ob Che Guevara sich das gewünscht hätte, bei Mischa Mackenroth an der Wand zu hängen, ob das nicht ein Abstieg war, ein unglaublich tiefer Abstieg, von der Revolution und von dem ganzen Kampf bis in Mischas Wohnung, keine Revolution weit und breit, keine Waffen, keine Arbeiter und keine Bauern.

»Ja, sehr komisch«, meinte Paul und grinste womöglich dabei. Das wusste man nicht so genau. »Natascha und ich fahren nach München, nächstes Wochenende. Bisschen Vergangenheit schnuppern. Und abends in die Oper. Lust mitzukommen?«

Mischa fragte sich, was das zu bedeuten hatte, und dann, warum er sich das fragte, und alles wurde unendlich kompliziert in seinem Kopf. Geriet er da gerade in was hinein? Spätnachts in der Kneipe mit ein bisschen Rum und Vitamin C im Schädel war eben alles einfacher.

»Ich lad dich ein«, meinte Paul schnell. »Ich hab eine Karte übrig.«

Das hörte sich gut an. Der Nebel lichtete sich. Mischa hatte Lust, mitzukommen und sich mit den beiden einen ganzen Tag zu vertreiben. Das konnte für sich genommen nicht allzu verkehrt sein.

»Keine Angst, wir besuchen keine Verwandten oder so.«

»Ich komm ja schon mit!«

Er versuchte, etwas weniger begeistert zu sein, krabbelte aber aus dem Bett und fing an, mit dem Handy in der Hand durchs Zimmer zu laufen.

»Freut mich«, sagte Paul.

Das hörte sich noch besser an. Fast wie ein Song von den Doors oder von Johnny Cash oder vielleicht noch von den Babyshambles.

»Was meint Natascha dazu?«, fragte Mischa, um auf Nummer sicher zu gehen.

»Sie träumt noch schön. Aber sie freut sich garantiert, wenn du mitkommst.«

»Okay.«

Okay war ein bisschen untertrieben, aber das brauchte niemand zu wissen, das hätte Mischa am liebsten selbst nicht gewusst. Er stellte sich vor, wie sie jetzt in ihrem Bett lag, ihr schwarzes Haar um sich herum, und wie sie schön träumte, von einem Delfin vielleicht oder vom Fliegen oder sogar von ihm, Mischa, von seinem Bein, wo ihre Hand gelegen hatte, oder von seinem heimlichen Zuzwinkern, das sie zum Lächeln gebracht hatte, als sie von der Toilette gekommen war. Ja, zum Lächeln.

»Geht's dir jetzt besser?«, fragte Paul.

»Ja, ein bisschen.«

»Hol dir Brötchen, koch dir einen Kaffee, lass den Tag gut angehen.«

»Danke, Paul.«

»Für was denn?«
»So halt.«
»Komm am Samstag zu uns, bevor wir losfahren, ich will dir unsere Wohnung zeigen. Wird dir gefallen.«
Natascha lag in der Wohnung, die ihm gefallen würde, eine große, helle Wohnung, hoch oben, mit riesigen Fenstern, und sie lag auf dem Bett und träumte schön.
»Komm um neun. Machs gut bis dahin.«
Er legte sich zu ihr. Einfach so.
»Ich bemühe mich.«
»Tschüss, Mischa.«
»Ciao, Paul. Grüß deine Frau.«
Paul lachte.

*

Am Samstag stand Mischa vor dem Klingelschild: von Abenberg/Neuhofer. Paul nannte sich natürlich zuerst. Paul war bestimmt immer als Erster dran. Aufgrund natürlicher Gesetze, die im ganzen Universum gelten.
Sie wohnten im vierten Stock. Mischa nahm nicht den Fahrstuhl, sondern rannte praktisch die Treppe hoch. Er war ganz schön außer Atem, als er oben ankam.
Natascha öffnete die Tür.
Guckte ihn an.
Rief: »Paul! Schau dir Mischa an!«
Er hatte also alles richtig gemacht: seine Mutter um Geld angehauen, einen dunkelgrauen, ziemlich lässigen Anzug gekauft, der saß wie angegossen, und sein schwarzes Hemd drunter angezogen, keine Krawatte, keine Fliege, die ersten beiden Knöpfe offen. Schwarze Schuhe, leider schon etwas ausgelatscht.

So standen sie also da, er draußen, sie drinnen.

Ihr Haar war feucht, und sie roch nach Duschgel oder Shampoo oder so was. Sie hatte ein riesiges T-Shirt an, das bestimmt Paul gehörte, darunter Shorts, und Mischa war sich absolut sicher, dass sie ganz genau wusste, wie verführerisch sie aussah, so frisch geduscht und ungeschminkt und nur halb angezogen.

Er hätte auch gerne irgendwas gerufen, sagte aber lieber nichts und erwiderte nur ihren Blick, in dem ein gefährliches Leuchten wohnte. Es hätte ihn in dem Augenblick nicht gewundert, wenn ihre Pupillen schmal gewesen wären und senkrecht gestanden hätten.

Weiter hinten im Flur erschien Paul. Der musterte ihn lange, nickte dann, zog die Mundwinkel ein wenig nach unten, rieb sich mit der Hand einmal über die frisch rasierte Glatze und sagte: »Junge, Junge, du siehst echt gut aus. Machst mich glatt zum alten Sack neben dir.«

Nein, nein, hätte Mischa gerne gesagt, einen alten Sack habe ich neulich gesehen, an Rebekkas Seite. Das war kein alter Sack, den er jetzt vor sich hatte, das war Paul. Schwarzer Anzug, weißes Hemd, keine Krawatte, keine Fliege, der erste Knopf offen. Schwarze Schuhe, frisch geputzt und wie neu. Paul hatte ein paar Falten im Gesicht, aber diese Glatze und sein Dreitagebart sahen verdammt männlich aus, verdammt kraftvoll.

»Hi, du alter Sack«, sagte Mischa und lachte und bewegte sich endlich vom Fleck, umarmte Paul, der drückte ihn kräftig, dann Natascha, sie drückte ihn zart. Sie gingen vor ihm her und zeigten ihm ihr Zuhause, das sich sehen lassen konnte, hatte irgendwer was anderes erwartet? Wenn man sich ein Penthouse vorstellt, und man hat dann ein Bild im Kopf, genau so sah die Wohnung aus. Dachterrasse, Fenster bis zum Boden, Blick zur Burg, schicke Möbel, total aufgeräumt, ein Esstisch für ungefähr einhundert Personen, ganz bestimmt aus sündhaft teurem Holz, für das irgendwo auf der Welt seltene Primaten ihre Schlafnester hatten räumen müssen. Auf dem Tisch stand noch das Frühstücksgeschirr, Natascha bot Mischa Kaffee an, er sagte natürlich Ja. Er konnte sich niemanden vorstellen, der nicht gerne an diesem Tisch einen Kaffee getrunken, auf die Burg geguckt und aus dem Augenwinkel Nataschas Beine verfolgt hätte.

Sie machte dann im Badezimmer eine ziemliche Verwandlung durch, tauchte geschminkt wieder auf, Jeans, Stiefel, ein Kapuzenteil mit Reißverschluss, unter dem ihr Busen positiv zur Geltung kam.

Runter in die Tiefgarage, rein in den alten Benz.

Natascha saß vorne neben Paul, Mischa hinten. Ganz allein. Er konnte beobachten, wie sie ihr Haar kämmte, zu einem Knoten zusammensteckte, Haarspray drüber gab und einzelne Strähnen ordnete. Frauen konnten unwahrscheinlich viel Zeit mit ihren Haaren verbringen, mal hingebungsvoll und zärtlich, mal irgendwie unerbittlich und sogar grausam. Er stellte sich jetzt vor, als das Haar einer Frau wiedergeboren zu werden und ohne eigene Persönlichkeit nur dafür da zu sein, das Haar dieser Frau zu sein und sie glücklich und stolz zu machen, wenn sie mit ihren Händen hineinfuhr und verführerische Gesten machte.

Diese Stufe der Wiedergeburt erreichten allerdings ganz sicher nur die guten Menschen, die Vegetarier, Nichtraucher, Nichttrinker und die Erleuchteten.

Mit dem hochgesteckten Haar sah Natascha älter aus. So alt, wie sie wahrscheinlich war. Bestimmt sieben Jahre älter als Mischa oder noch mehr, zehn Jahre älter. Ob es pervers war, einer so alten Frau auf den Nacken zu sehen und sich zu denken, dass man da gerne mal hinlangen würde, aber nicht durfte, weil nebenan ihr Typ saß, ein ziemlich netter Typ, noch älter, stark, bestimmt gut im Zuschlagen? Paul könnte Mischa wegpusten, wenn er wollte. Dass Paul das aber nicht wollte, als würde es sich lohnen, Mischa mit nach München zu nehmen, ihn in die Oper einzuladen, anstatt sich mit Natascha zu zweit einen eins a Tag zu machen, das war schon komisch. Das war auch beängstigend. Das war nicht koscher. Jetzt war er auch noch misstrauisch, also wirklich, schließlich war er hier der Typ, dem nicht zu trauen war.

Aber sie behandelten ihn nicht so. Eher wie einen Freund. Oder wie einen Sohn. Oder wie einen Hund, der den Stellenwert von einem Sohn hat.

Auf der Autobahn schloss er die Augen und lehnte den Kopf zurück. Aber Natascha hatte nicht vor, ihn schlafen zu lassen. Sie drehte sich immer wieder zu ihm um und fragte dieses und jenes und plapperte ständig irgendwelche Sachen, von dem Lied, das gerade lief, von dem Film, den sie gestern gesehen hatte, dann wieder von dem anderen Lied, sie spielte ihm noch eins vor und plapperte weiter, irgendwelchen Mädchenkram. Mischa mochte das, auch ihre Stimme und ihre ganze Begeisterung und dass sie viel dabei lachte. Es war, als hätte ein Kind, dem nie jemand zuhört, plötzlich Gelegenheit, sich alles Mögliche von der Seele zu reden, und als würde es sich diese Gelegenheit jetzt nicht nehmen lassen, auf gar keinen Fall. Da durfte man sich nicht querstellen, das war seine Meinung. Das kippte sowieso irgendwann, und dann war die gute Stimmung schnell hinüber. Da wollte er dann nicht dabei sein und schon gar nicht irgendeinen Anlass dafür liefern.

Paul schaute auf die Straße, was auch gut so war, weil ihm die Geschwindigkeitsbegrenzungen anscheinend ziemlich egal waren.

Nach anderthalb Stunden lotste Natascha Paul quer durch die Stadt in den Süden nach Solln. Er parkte seelenruhig im Halteverbot, sie stiegen alle drei steifbeinig aus, streckten sich ein bisschen und hielten ihre Nasen in den kühlen, grauen Vormittag.

Natascha hatte es allerdings eilig. Sie stapfte los und startete eine Art Führung. Links die Schule mit Sportplatz, rechts der Friedhof mit Oma und Opa, eine Kirche mit Zwiebeltürmchen, eine kurvige Dorfstraße mit Bäckerei und Blumengeschäft, vorbei an Hecken und Mauern, dahinter Villen, aus den Sechzigern oder Siebzigern, nicht gerade wahre Schmuckstücke, soweit man das von der Straße aus erkennen konnte. Ein Dorfweiher mit Enten, noch kinderlos. Bänkchen natürlich, Trauerweide. In was für einer Zeit lebten sie eigentlich? Und wo? War das München oder war das ein Kaff im Nirgendwo? Fehlten nur noch Kuhställe oder Hühner, die auf Misthaufen herumliefen. Mischa war bloß froh, dass er seine warme Jacke anstatt des Jacketts anhatte, und machte sich ernsthaft Sorgen um seine Schuhe. Da fing jetzt nämlich eine ausgedehnte Wiese an, und Natascha steuerte unbeirrt drauf zu, deutete auf eine Gruppe Bäume quasi am Ende des Horizonts und meinte, nur noch bis da hin, dann sind wir da.

»Natascha, klär mich mal auf, wohin geht's eigentlich?«, fragte Mischa mal unbefangen. Konnte ja nicht schaden.

»Das wirst du schon sehen«, antwortete sie bloß.

Na gut. Das war jedenfalls kein Spaziergang, das wuchs sich zu einer echten Wanderung aus. Natascha schickte sie auf einen Weg, der kerzengerade durch die Landschaft führte und wahrscheinlich Hunderte Kilometer lang war. Sie machte ordentlich Tempo, der Wald da hinten, Wildschweine, der Baum da vorne, noch mal Weide, idealer Picknickplatz und so weiter. Sie war mittlerweile eher kurz angebunden. Und dieser Weg war weit so ganz ohne ihr Gequatsche.

Von Paul kam auch nichts. Er trottete einfach hinter ihr her, nicht gerade motiviert, wenn man Mischa fragte, nicht gerade begeistert. Sie hörten bloß noch ihre eigenen, verdammten Schritte auf den Steinchen, die massenweise auf dem Weg herumlagen, und ab und zu einen Piepmatz, ziemlich einsam hörte sich das an, um nicht zu sagen kläglich. Hoch oben kreiste noch dazu ein Raubvogel, der bestimmt nichts Gutes im Sinn hatte. Ein gelbes Blümchen guckte zwischen den Grashalmen raus, eigentlich niedlich, aber auch irgendwie verloren auf dieser Wiese mit ihren gigantischen Ausmaßen.

Endlich, die Schuhe von einer lehmigen, beigefarbenen Schmiere einigermaßen versaut, erreichten sie die Baumgruppe, offenbar das Highlight dieses Ausfluges. Wieder mal Weiden, dazwischen Büsche mit winzigen Knospen dran, und (»Überraschung!«) noch ein Weiher. Versteckt und alles in allem idyllisch. Natascha nickte zufrieden und ließ ihn den Weiher bestaunen, echt geiler Weiher, gibt's da Frösche im Sommer, ja klar, und vorher Kaulquappen, die man natürlich fängt als Kind, meistens kommen sie dann aus Versehen zu Tode. Die Stille, die Weiden, die kahlen Äste, die dunkle, praktisch unbewegte Fläche, die paar Sonnenstrahlen, die sich gerade durch die Wolkendecke zwängten, all das hätte durchaus für romantische Gefühle sorgen können, wenn man für so was anfällig war.

Aber Natascha fiel mehr und mehr einem gewissen Trübsinn zum Opfer. Sie starrte auf den Weiher und stippte mit dem Fuß Dreck und Steine ins Wasser, mit irgendeinem Groll, konnte man meinen. Mischa hatte das kommen sehen. Kein Mensch konnte einen ganzen Tag lang fröhlich sein.

»Natascha?«, rief er und fuchtelte mit der Hand vor ihren Augen herum. »Noch da? Was geht ab?«

Sie drehte ihm den Kopf zu und lächelte. Dieses Lächeln war ungefähr so echt wie ein Marken-Shirt aus dem letzten Türkeiurlaub.

»Ach nichts«, sagte sie, ging an ihm vorbei und streifte dabei mit der Hand kurz seinen Arm, ganz leicht. Das war kein Versehen gewesen, so viel war klar. Mischa hatte plötzlich ein ganz komisches Gefühl, so als würde dieser Weiher doch noch seine gewisse, unheilvolle Wirkung entfalten. Er machte sich lieber mal auf die Socken, legte einen Zahn zu und erreichte Paul, der schon auf dem Rückweg war.

»Was hat sie denn?«, fragte Mischa.

Paul machte so eine Bewegung mit der flachen Hand nach unten, wie um den Ball flach zu halten, wie um Mischa zurückzupfeifen, bloß kein Fass aufmachen, bloß keine schlafenden Hunde wecken oder so was in der Art.

Er kannte sie halt. Mischa hätte sie auch gerne gekannt.

Er drehte sich nach ihr um, sie lief mit gesenktem Kopf vor sich hin. Mischa blieb stehen, aber anstatt dass sie zu ihm aufrückte, blieb sie auch stehen und sah ihn an. Was erforschte sie da in seinem Gesicht? Was ging ihr nur durch den Kopf? Da lächelte sie wieder, ganz zaghaft, und diesmal war das kein Fake, das war echt, und sie zuckte mit den Schultern. Er tat das Gleiche, lächeln, mit den Schultern zucken. Diesen kurzen Moment lang gab es so eine unsichtbare Verbindung zwischen ihnen, so einen filigranen Draht, so ein paar leise Morsezeichen, so ein ganz schwaches Lichtsignal, dreimal kurz, dreimal lang, dreimal kurz.

Sie setzte sich wieder in Bewegung, stupste ihn an, als sie ihn erreicht hatte, und sie beeilten sich, Paul einzuholen, der immer weiter lief, immer weiter, mit den Händen in den Hosentaschen.

Er hatte wohl beschlossen, die ganze Tour und Nataschas Laune einfach über sich ergehen zu lassen. Aber Mischa war sich fast sicher, das war keine Laune, das war ein schwer zu beschreibendes Leiden, da kannte er sich aus, er war Spezialist für so was, und er dachte darüber nach, ob er Natascha trösten sollte und wie. Frauen wollten ziemlich oft wegen irgendwas getröstet werden. Da konnte man allerdings einiges falsch machen und auf alle möglichen Holzwege geraten.

Jetzt hatte er keine Lust mehr, sie zu trösten. Seine Füße taten weh. Natascha hatte wahrscheinlich bloß eine unglückliche Kindheit gehabt, hier in der Gegend, am Weiher, aber wer hatte die nicht? Nur seine Kindheit war glücklich gewesen, das war zumindest die Version seiner Mutter. Deswegen hatte sie auch beschlossen, dass diese Kindheit nie aufhören sollte, und kämpfte mit allen Mitteln darum.

Es hätte ihn jetzt trotzdem interessiert, was Natascha mit sich herumtrug. Normalerweise erzählten Frauen gerne so was. Aber er wollte nichts mehr fragen, denn sonst wäre vielleicht herausgekommen, dass sie ihn gerade erst vor einer Woche kennengelernt hatten, und er wäre ihnen doch noch als Störenfried, als fünftes Rad am Wagen, als Nervensäge und Anhängsel aufgefallen und zurück zum Auto geschickt worden, um da zu warten, bis sie wiederkamen, genervt davon, ihn vorzufinden, aber jetzt hatten sie ihn nun mal mitgenommen.

*

Natascha erholte sich zum Glück blitzartig, als sie Richtung Innenstadt fuhren, dann setzte auch ihr Geplapper wieder ein. Paul kutschierte sie alle nach Schwabing, er hatte dort studiert oder nach eigenen Angaben eher nicht studiert, sondern am Chinaturm herumgehangen und in WGs, in denen der Konsum illegaler Drogen als feine Sache galt, und in Betten ausgesprochen zahlreicher Frauen. Dass aus Paul trotzdem was geworden war mit seinem Job im Bundesamt, mit dem Penthouse und eben Natascha, das beflügelte Mischa regelrecht, dann war ja noch nicht alles verloren, dann gab es ja vielleicht doch noch eine Aussicht auf irgendwas.

Sie tranken Bier in einem bayerischen Lokal, aßen riesige Klumpen Fleisch, und die Kellner mit ihren Trachten und ihrem Slang gingen Mischa gehörig auf den Wecker. Natascha verschwand auf der Toilette und kam in einem schwarzen, langen Kleid zurück und in roten, hochhackigen Schuhen. Sie war anscheinend so eine Art Chamäleon. Oder bloß eine Fata Morgana in einer todbringenden Wüste ohne Wasser und ohne Pferd.

Aber sie war wieder am Quatschen, Paul beteiligte sich zur Abwechslung mal an der Unterhaltung, und Mischa fühlte sich wie in einer Familie beim Sonntagsausflug. Als würden sie sich schon ewig kennen, als wüssten sie alles voneinander, als gäbe es überhaupt keine Unklarheiten zwischen ihnen.

Auf dem Weg zur Oper und später im Foyer machte Paul ihn mit Wagner und Tristan und ungefähr der halben Operngeschichte in sechs Bänden vertraut. Mischa hatte Paul noch nicht so viel am Stück reden hören, er erklärte alles ganz genau. Mit so einem Glanz in den Augen. Mischa gefiel das, wenn irgendwem noch nicht alles egal war. Er hätte Paul noch lange zuhören können, da hätte es ruhig noch ein paar Bände geben dürfen, nur um Paul reden zu hören und etwas mitzubekommen von seiner Leidenschaft für Tristan, die Musik und das alles.

Sie hatten eins a Plätze im ersten Rang. Natascha saß zwischen ihnen. Als das Orchester loslegte, zog sie ihre Schuhe aus und schlug die Beine übereinander. Sie seufzte ganz leise und lehnte sich zurück. Mischa konnte spüren, wie die Anspannung vom Weiher von ihr abfiel. Als der Vorhang aufging, hatte sie einen ernsten, konzentrierten Ausdruck in ihrem Gesicht und machte ihren Mund dabei zu einer Art Schnute, die Augen vergrößert, das sah unglaublich niedlich aus. Ein kleines Mädchen, das einen Mädchenfilm anschaut, vielleicht mit Pferden oder mit einem kranken Hund.

Er hätte ihr unwahrscheinlich gerne die Hand gehalten.

Das Ganze dauerte sehr lange. Unvorstellbar lange. Also wenn er sich ganz sicher war, dass er es unmöglich noch länger aushalten konnte, still zu sitzen und nicht einzuschlafen und nicht den Faden zu verlieren, dann sah er auf die Uhr und musste einsehen, dass noch eine weitere endlose Strecke vor ihm lag. Er geriet dabei in einen ganz besonderen Zustand, alles wurde egal, sein Durst, sein Drang, sich zu bewegen, sich zu kratzen, zu husten, die Musik wurde lauter und intensiver, seine Gedanken schweiften ab, und trotzdem starrte er weiterhin wie gebannt auf die Bühne. Da unten tobte der Wahnsinn. Schuld war natürlich, wie sollte es jemals anders sein: eine Frau. Und genau im Moment dieser Erkenntnis oder besser gesagt dieses Wiedererkennens stellte Natascha ihren Fuß auf Mischas Schuh. Durch das Leder des Schuhs spürte er nicht viel, nur das Gewicht des Fußes und die Absicht, die dahintersteckte, aber das reichte schon.

Die sangen sich unterdessen die Seele aus dem Leib. Unmenschliche Töne, nicht wirklich schön, fand Mischa, aber ergreifend, oder war es Nataschas Fuß, der ihn so packte, nichts war mehr voneinander zu unterscheiden. Er legte seine Hand neben sich, um Natascha am Bein zu berühren. Unauffällig, aber er wusste ja, dass sie es merkte, nur sie, und sie drehte sich kurz zu ihm, ihr Gesicht glänzte. Sie lächelte.

Viel später, Mischa erschöpft und mit seinem Sitz schon wie verwachsen, sah er zu Paul rüber, der sich vorgebeugt hatte und sich auf seine Knie stützte. Weinte Paul? Tatsächlich, ihm liefen Tränen übers Gesicht, und das waren nicht nur ein oder zwei, das waren ganze Bäche, sein Gesicht war total nass. Dieser Mann sorgte für Überraschungen. Was trieb ihn an und was war sonst noch von ihm zu erwarten?

Die Musik setzte aus, der allerletzte klagende Ton hing noch im Saal. Die Zeit war nun zum Stillstand gekommen. Bis das

Klatschen einsetzte, bis Paul aufstand, sich mit dem Ärmel übers Gesicht wischte und anfing zu applaudieren.

*

Auf der Rückfahrt, vorbei an der Allianzarena, lag Natascha halb auf Mischa drauf. Er hatte sich beschwert, dass er nicht allein hinten sitzen wollte, und war sich dabei ziemlich clever vorgekommen.

Aber er hatte sich da in was reinmanövriert.

Es war dunkel, Paul schaute auf die Straße, sie alle waren irgendwie aufgewühlt, wahrscheinlich Nebenwirkungen der Oper. Diesem Wagner konnte man nicht so richtig entkommen, außer man war vielleicht ein Kühlschrank oder ein Fisch in einem Kühlschrank.

Sie hatte sich sofort an ihn dran gelehnt und lag jetzt praktisch auf seinem Schoß. Das war weniger schön, als er es sich vorgestellt hatte. Einfach deswegen, weil ihn das noch mehr hochputschte, sein Herz klopfte wie wild, Mensch, das musste sie doch merken. Und Paul brauchte nur einen Blick in den Rückspiegel zu werfen, um seine Freundin auf ihm, dem Eindringling, dem Fremdling liegen zu sehen.

Mischa saß also völlig verkrampft und außerdem eingequetscht auf diesem Rücksitz und versuchte zu verhindern, dass Natascha auf was Hartem in seiner Hose zu liegen kam. Ihr Kleid war nicht gerade ein dicker Winterpulli und ihr Körper darin so deutlich spürbar, als wäre sie nackt. Und schon der Gedanke an ihre Nacktheit machte ihn völlig fertig, dann noch Pauls Augen im Rückspiegel, Mischa überlegte allen Ernstes, ob er nicht sagen sollte, dass er mal musste, um sich an der Raststätte aus dem Staub zu machen.

Natascha schlief währenddessen seelenruhig ein, atmete regelmäßig, als könnte sie kein Wässerchen trüben, und sah wieder so verdammt niedlich aus mit ihrem teilweise aufgelösten Haarknoten und ihrem Kopf an ihn dran gekuschelt.

Mischas Schwanz kehrte in den Normalzustand zurück. Da lag dieses Mädchen, ein kleines Mädchen.

Sein Wunsch, sie leicht ins schlafende Gesicht zu küssen, Mann, das konnte er unmöglich bis nach Hause durchhalten, ohne Scheiße zu bauen. Und das wollte er ja zur Abwechslung mal bleiben lassen, Scheiße bauen, alles vermasseln, wieder mal im Straßengraben landen, und das möglicherweise im wörtlichen, lebensgefährlichen Sinne.

Paul jagte ihm Angst ein, Mischa spürte richtig ein Ziehen im Bauch, wie wenn man an einen Abgrund rangeht, da ist kein Geländer, da hält einen niemand fest, man muss sich ganz auf sich selbst verlassen. Was sollte er machen? Sich den Dolch ins Herz rammen und Natascha rüber auf ihre Seite schieben? Oder den Moment erst mal mitnehmen, einsacken, weil er nämlich in Kürze vorbei sein würde, weil Paul die Faxen dick hatte und ihn in die Dunkelheit rauswarf, wofür er seine nachvollziehbaren Gründe haben würde?

»Entspann dich mal«, sagte Paul.

Mischa erschrak. Jetzt war es so weit, jetzt schon?

»Mischa, glaub nicht, dass ich Natascha nicht kenne. Sie fühlt sich gut an, also entspann dich.«

»Was?«

»Sie macht gerne mal andere Typen an.«

Mischa schluckte. Das durfte doch nicht wahr sein.

»Bist du nicht eifersüchtig?«, fragte er, sein Mund dermaßen trocken.

»Kommt darauf an.«

»Worauf?«

Paul zuckte nur mit den Schultern. Er schien nicht irgendwie niedergeschlagen oder am Boden zerstört zu sein. Aber da konnte man sich täuschen.

»Du kannst mich ruhig rausschmeißen, Paul. Ich lass mich von dir einladen, und dann liegt deine Frau auf mir rum.«

»Sie hat sich da hingelegt. Glaub bloß nicht, dass du das Heft in der Hand hast.«

Paul hörte sich an, als wäre irgendwas amüsant an der Sache. Er grinste wahrscheinlich. Bestimmt sogar.

»Bei einer Frau hatte ich noch nie das Heft in der Hand«, meinte Mischa.

»Was ist eigentlich dein Problem mit den Frauen?«

»Es sind zu viele. Schon immer. Zu viele Frauen.«

Paul sagte: »Mhm«, als wäre das die einleuchtendste Erklärung, die er jemals gehört hatte.

Mischa entspannte sich tatsächlich. Und fühlte eine heftige Zuneigung für diesen Mann vor ihm am Steuer. Der erlaubte ihm einfach was, der war großzügig, und von wem konnte man das sonst noch behaupten?

Er strich Natascha eine Strähne aus dem Gesicht, sie rekelte sich und schmiegte sich fester an ihn, ja verdammt, sie schmiegte sich an ihn dran. Es tat ihm leid in dem Moment, dass er ihr nichts zu bieten hatte, dass so gar nichts bei ihm zu holen war außer das, was da eingekeilt in seiner Hose wartete, bis es herausschnalzen konnte. Und da fiel es ihm ein: vielleicht nicht mal das. Vielleicht nicht mal das.

4. KAPITEL

NATASCHA: DREH DICH UM

Glaub bloß nicht, dass DU das Heft in der Hand hast, Paul von Abenberg.

Sein Getue ist manchmal schwer auszuhalten. Immer schön souverän bleiben. Immer Oberwasser behalten.

Endlich ist er still, und ich stelle mich schlafend. Mein Kopf liegt auf Mischas Oberarm, er fühlt sich stark an. Alles ist gut. Oder besser. Zumindest besser. Er versucht, sich nicht zu rühren, damit ich bequem liegen und ruhig schlafen kann. Ich bewege mich ein bisschen, um noch näher an ihn ranzukommen. Ich rutsche tiefer. Ich bin einfach nicht davor gefeit. Mir gefällt wieder mal ein anderer.

Und Paul? Er macht das auf seine Art. Als wir nach Hause kommen, haben wir Sex. Er ist grob zu mir. Er gibt Kommandos. Dreh dich um. Steck ihn rein. Das gefällt mir. Als er hinter mir ist, drückt er mich mit der einen Hand in die Kissen, mit der anderen stopft er mir eins unters Becken, damit ich ihm alles offen anbiete, meine Zeichen der Erregung, geschwollene Schamlippen und die Nässe. Je mehr ich seine Kraft spüre und je härter er mich nimmt, desto weniger kann ich an was anderes denken, an jemand anderen. Dann ist das einfach Paul, der seinen Schwanz in mir hin und her stößt, das kann nur er sein, als würde er den anderen, den Gelockten, den Jüngling, mit Macht aus dem Bett katapultieren.

Das macht er gut. Ich komme und bin bei ihm und nicht weg. Weiß er das? Wie kommt er zurecht? Wir bewegen uns jedenfalls auf dünnem Eis.

5. KAPITEL

MISCHA: BITTE!

Er wachte auf. Allein. Er war einfach aus dem Auto gestiegen, hatte sich bedankt und war nach oben gegangen in diese verdammte leere Wohnung, in sein verdammtes leeres Bett. Er dachte an Natascha. Dann an Paul. Dann daran, dass sein Leben vielleicht schon ruiniert war, vielleicht aber auch nicht.

Das machte ihn jetzt ein bisschen sauer, dass sie nicht mal ihren Kopf gehoben hatte. Immerhin hatte er sie die ganze Fahrt über gehalten und ihren Rücken gestreichelt und solche Sachen. Und sie wachte nicht mal auf, um ihm Tschüss zu sagen oder irgendwas Nettes vielleicht, das war zu viel verlangt.

Aber eigentlich war er nicht sauer. Er regte sich künstlich auf. Er durfte sich da nicht hineinsteigern. Er nahm sich vor zu masturbieren und machte ohne viel Lust an seinem Schwanz herum. Wenn er es schaffte, ihn richtig zum Stehen zu bringen, dann schaffte er auch diesen Tag.

Das konnte nicht gut ausgehen.

Was sollte er anstellen? Er konnte ja nicht ewig diese Gerichtssendungen anschauen oder die Talkshows, und mehr als dreimal in der Woche brauchte er auch nicht ins Fitnessstudio zu gehen, Donnerstag und Freitag musste er arbeiten, und sonst? Nichts, nothing, niente, rien. Er konnte den Job als Fahrradkurier annehmen. Sollte er bis zur Rente Fahrrad fahren? Das war doch Schwachsinn. Zumal er niemals eine Rente bekommen würde. Also Fahrrad fahren, bis er zu klapprig dafür war. Bis die Leute ihm nachschauten, ach schau mal, der alte Knacker da als Fahrradkurier, das ist ja eine arme Sau. Oder er würde sich selber dann einen von diesen Telefontarifen verkaufen, mit einer Flatrate, nach Australien zum Beispiel, auch wenn er da niemanden kannte, aber man wusste ja nie.

Vielleicht war ein Porno aus dem Netz eine Alternative. Das Internet war in jeder Hinsicht ein Segen. Es hatte ihn schließlich davon erlöst, beim Wichsen an seine Mutter zu denken. Dann die Mädchen aus der Schule, die er sogar anfassen durfte, sogar mit ihnen schlafen.

Er dachte an Kathrin. Sie hatte damals auf der Party wirklich nichts angehabt außer einem Sommerkleidchen und einem winzigen Höschen, das nicht der Rede wert gewesen war. Und sie wusste ganz genau, was sie wollte. So genau wussten das vielleicht bloß 18-jährige Mädchen, bevor sie anfingen, alles Mögliche zu wollen, dann aber wieder nicht zu wollen und so weiter.

Sie standen zu zweit in der Küche herum, und auf den Tisch passte gerade mal der Hintern von Kathrin drauf. Sie kannten sich fast überhaupt nicht, das ganze Gelaber zu Beginn hatten sie ausgelassen, sie schob ihr Kleidchen hoch und flüsterte: »Schieb ihn mir rein und bleib ganz ruhig.«

Er machte das genau so, schob ihn rein und blieb ganz ruhig, ruhte sich aus in ihr, genoss das Panorama vor dem Küchenfenster und ihren Geruch, der von weiter unten zu ihm hoch strömte. Dann bewegte sie sich so, dass er wieder aus ihr herausrutschte, ein Kunststück auf dem Tischchen. Er stand vor ihr mit seinem Ständer, ein Leuchtturm, und sie guckte ihn an und lächelte selbstvergessen, und dann sagte sie: »Jetzt, bitte, jetzt steck ihn wieder rein, bitte!«

Bei diesem flehenden »Bitte!« und dem Bild, wie sein Schwanz in ihre rosa Möse eindrang, kam er jedes Mal.

Es war so verdammt einfach gewesen, ihr diese Bitte zu erfüllen.

Ansonsten gab es sie nicht, die einfachen Sachen, ansonsten gab es Natascha, die er treffen wollte, und Paul, den er auch treffen wollte, und eben das ganze Dilemma.

Wie zum Beweis rief Paul an. Der hatte echt ein Gefühl für den richtigen Zeitpunkt. Er sagte »Hallo Mischa« und »Wie geht's?« und »Natascha und ich ziehen am Samstag um die Häuser. Kommst du mit?«.

»Klar.«

Mischa schaute aus seinem Küchenfenster auf die gegenüberliegende Häuserzeile. Er dachte daran, dass dahinter der Fluss war und dass die Bäume am Fluss irgendwann wieder Blätter haben würden. Das war gar nicht mehr so lange hin. Und dass er im letzten Frühling eine Ratte im Fluss hatte schwimmen sehen, die da seelenruhig herumpaddelte, als wäre sie ein stolzes Tier, die Nase ganz oben. Er hatte sich gefragt, wie sie nach dem langen Winter so unglaublich fett sein konnte.

»Um zehn. Bei uns. Auf ein Gläschen Wodka zum Einstieg«, meinte Paul. »Ich freu mich.«

Mischa freute sich auch.

6. KAPITEL

NATASCHA: RAUBTIER

Ich will mit Mischa schlafen, ich will, ich will, ich will. Ich wache morgens auf, und wenn ich mich anfasse, merke ich, dass es ganz leicht geht, dass ich schon einen Vorlauf hatte im Traum. Kein gutes Zeichen. Aber Paul ist schon aus dem Bett, und die Gedanken sind frei allein unter der Decke. Ich darf an jemanden denken, der mir Haare aus dem Gesicht streicht. Der mich an sich zieht. Das ist schön, Mischa, dich bei mir zu haben, im Auto, in der Dunkelheit, in der Stille. Ich hole dich in mein Bett, wie ich dich brauche, nur dieses eine Lächeln, nur deinen Ständer unter mir, der fast die ganze Fahrt über hart war, nur deine Hand in meinem Gesicht. Ich stelle mir vor, ich hole deinen Schwanz heraus, ich nehme ihn in den Mund, du kommst sofort heftig.

Aber ich, ich kann und kann nicht kommen. Bis ich mir vorstelle, ich sei eine Frau, die Geld dafür bekommt, gefilmt zu werden. Ein Mann sagt, was ich zu tun habe. In meiner Fantasie geht die Kamera ganz nah ran. Ich spüre die Bewegung von einem großen Schwanz in meinem engsten Loch, und in dem Moment habe ich meinen Orgasmus, kurz und ein wenig schmerzhaft. Danach schäme ich mich. Ich hasse die Pornos in meinem Kopf. Diesen harten, fiesen Sex. Aber ich habe alles probiert. Es geht nicht anders. Ich betrüge sie eben alle. Paul zuerst. Dann den nächsten. Wenn gerade keiner da ist, anwesend, verfügbar, dann nehme ich drei, vier in meine Träume hinein, immer mehr, sodass es immer anonymer, immer triebhafter, immer liebloser wird. Denn Liebe und Sex sind zusammen eigentlich zu viel für mich. Paul lieben und von ihm gefickt werden, das ist zu viel. Da gehöre ich ihm ja. Da verschwinde ich ja. Da brauche ich einen anderen, der das Ganze stört, und vielleicht noch einen, und noch ein paar in der Fantasie, sonst werde ich vom ersten abhängig oder vom zweiten. Am Ende fühle ich mich unangreifbar, gewappnet, stark und autark. Das ist ein ewiges Herumtreiben, aber Paul hält es aus, er blüht sogar auf, wenn es die anderen gibt oder den anderen, er wird immer netter, immer männlicher, fickt immer besser.

Kehre ich dann voll Reue zu ihm zurück, dann ist das uninteressant. Das Weggehen ist interessanter für ihn. Und das Wiederkriegen. Das Wiederhaben nicht so. Dann leide ich. Also ziehe ich wieder los, ich habe dann diesen Blick oder ist es ein Geruch. Mischa fliegt drauf.

Paul kommt ins Schlafzimmer, bringt Kaffeeduft mit, sagt Guten Morgen, zieht die Vorhänge auf, lächelt, küsst mich kurz auf den Mund, und in dem Moment ist es wie am Anfang, als er so ganz bei mir war, als er wie ein waidwundes Tier in meiner Höhle Schutz suchte und dankbar war für jede Schüssel Wasser, für jedes Streicheln über sein Haupt, harmlos, sanft, gezähmt. Damals gab er im Schlaf Laute von sich wie ein Kind, und er war leicht glücklich zu machen, ausgehungert, gierig nach Zuwendung, jede noch so kleine Geste rührte ihn. Er gab mir das Gefühl, dass ich gut zu ihm war, und er gab etwas zurück, er war liebevoll, großzügig. Nachsichtig. Ohne Nachsicht funktioniert es nicht.

Jetzt weiß ich nicht, ob die Wunde geschlossen ist, ob er deshalb wieder Zähne zeigt und manchmal kräftig nach mir beißt. Oder ist es weiter die Verwundung, die nicht heilen will, seit elf Jahren nicht heilen will, ein chronisch nässendes, eiterndes Loch in seinem Fleisch, das ihn unleidlich macht, gefährlich und manchmal bösartig. Das wäre mir lieber. Dann kann ich alle Geduld aufbringen, die notwendig ist. Die Vorstellung, sein eigentliches, sein wahres Ich hätte sich herausgeschält und das alte, stinkende Raubtier zum Vorschein gebracht, ein Tier, vor dem auch ich nicht mehr sicher bin, diese Vorstellung weise ich von mir, wehre mich gegen sie und verstehe ihn noch besser und liebe ihn noch mehr, wie zum Beweis. Es wäre leichter zu wissen, wer oder was ihn so zugerichtet hat. Sein Geheimnis. Eines von vielen.

»Steh auf, Darling, Frühstück ist fertig!«, ruft er aus der Küche. Ich schlüpfe aus dem Bett, alles steht schon auf dem Tisch, was ich gerne mag, die Brötchen, die Eier, der Kaffee, ein paar Oliven. Ich setze mich hin und vergesse alles, was ich gerade dachte.

Er sagt immer, alles in seiner Familie sei falsch gewesen. Falsche Liebe, falsche Fröhlichkeit, falsche Ruhe mit falschen Pillen, falsches Geld, falsche Kredite, alles falsch. Er sagt, seine Mutter hätte immer nur sich geliebt, und ich, seine Frau, würde ihn lieben, ihn, Paul. Aber vielleicht täuscht er sich. Vielleicht überschätzt er mich. Und ich bin bloß irgendeine, die sich herumtreibt und mit anderen Kerlen ins Bett geht.

Wie könnte ich es anstellen, Mischa zu treffen? Und wann?

7. KAPITEL

MISCHA: SEXTOY

Sie schmissen sich sofort ins Getümmel, der Saal kochte, die Luft war zum Schneiden. Beim Durchdrängeln zur Tanzfläche spürte er eine Hand an seinen Hintern packen, keine besonders große Hand. Er drehte sich um. Das war Natascha, sie ließ immer noch nicht los. Mit der anderen Hand warf sie ihm einen Kuss zu und lächelte diabolisch.

Bei der musste man echt aufpassen, die konnte einem einheizen, Mannomann.

Er fing lieber mal zu tanzen an, kam aber schwer rein. Natascha legte sich neben ihm ins Zeug, und er konnte und konnte nicht aufhören, sie anzuschauen. Wahrscheinlich war es der ganze Lärm, dieser wahnsinnig laute Sound, der eine Dimension nach der anderen zusammenschrumpfen ließ, bis man bloß noch auf einen Punkt starren konnte, zum Beispiel auf ihr Schlüsselbein, diesen zerbrechlichen Knochen unterhalb ihres Halses.

Mischa war nicht der Einzige, der Natascha im Visier hatte. Der DJ hatte sie sich ausgeguckt. Er schaute sie so lange an, bis sie auf ihn aufmerksam wurde, er winkte ihr zu, und sie stieg zu ihm aufs Podest. Er redete mit ihr, was denn verdammt, und sie lachte ihn an und fing da oben an zu tanzen. Also unten die Menge, tanzend, schwitzend, außer sich, oben sie, Natascha, die Königin. Sie hatte diese Jeans an und ein schwarzes Top, das beim Tanzen hochrutschte und ihren Bauch zeigte. Allen. Diese tanzende Frau mit dem freien Bauch und ihre Hingabe, ihr ICH BIN SCHÖN, ihr WENN ICH WILL, GEHÖRT IHR MIR ALLE, das haute dermaßen rein, das war so was von berauschend, dass es einem wirklich den letzten Rest Verstand rauben konnte.

Mischa erschrak, weil Paul im Gedrängel plötzlich dicht neben ihm stand. Den hatte er ganz vergessen. Mischa versuchte, Natascha nicht mehr anzustarren, sondern den Typen direkt vor sich, der hatte Dreadlocks, verfilzte Haare, in denen vielleicht interessante Tiere wohnten. Dann sah er wieder zu Paul, der grinste nur, legte ihm einen Arm um die Schulter, schob ihm die Haare zur Seite und gab ihm einen festen Kuss auf den Nacken. Da, wo sonst die Frauen so gerne herumwühlten, da spürte Mischa Pauls Mund und sein Gesicht. Gott sei Dank nur ganz kurz. Aber Natascha hatte das genau beobachtet, und sie stand auf ihrem Königinnenthron, bewegte sich nicht weiter, sondern starrte sie beide an, und in ihrem Blick, in ihrem Gesicht gab es einen irrwitzigen Ausdruck, und je länger sie so dastand, desto eindeutiger war das, was aus ihr herausstrahlte, desto unmissverständlicher war dieses Leuchten, desto klarer Mischas Fazit: Sie war glücklich. Dann war es vorbei. Sie tanzte weiter.

Er drehte sich um und schaute Paul ins Gesicht. Was war hier los? Paul lachte und sah auf eine ganz ähnliche Weise glücklich aus, was ihn, Mischa, auch erst einmal grinsen ließ. Trotzdem machte er so ein Pausenzeichen und drängelte sich Richtung Tür.

Auszeit. Sich beim Pinkeln zuschauen. Ausatmen. Abchecken, wie besoffen er war. Er konnte heimgehen. Er konnte jetzt heimgehen. Abhauen. Die Kurve kratzen. Aber die Dinge veränderten sich. Es gab die Möglichkeit, nicht den Schwanz einzuziehen und das, was da passierte, mitzunehmen, das laufen zu lassen, also mal zu sehen, wie sich das entwickelte. Er wusch sich die Hände, weil das machte man so, das hatte er gelernt.

Natascha und Paul standen im Flur oberhalb der Treppe, schauten sich die Leute an, die raufkamen oder runtergingen, und das sah nach dem aus, was man halt Samstagnacht im K4 so anstellt. Tanzen, schwitzen, was trinken, Leute anschauen. Fast hätte er sich die Augen gerieben, um zu sehen, ob er sich in einem blöden Traum befand, der bloß dazu da war, ihn aus dem Konzept zu bringen.

Er ließ die beiden stehen, holte sich eine Cola und setzte sich auf den Boden neben den Eingang zum Frauen-Klo. Hier konnte er die Beine der Frauen sehen, die da anstanden, um auf Toilette zu gehen. Und wenn er den Kopf nur ein wenig anhob, hatte er sogar Aussicht auf jeden einzelnen Hintern. In dieser Lage ließ es sich eine rauchen. Auf einmal hatte er irgendwie genug von N plus P. Was wollten die eigentlich? Sollten sie doch ohne ihn ihren Spaß haben. War er etwa ihr Projekt, so was wie ein neues Sextoy oder ein neuer Porno?

Das wurde schön langsam ein völlig mieser Abend, jedes Wochenende stand er in einem dieser Schuppen herum, und es war immer dasselbe, aber heute war es noch nervtötender als sonst, heute war es deprimierender und beschissener, weil er nichts weiter war als eine Abwechslung für ein bekloptes Paar, das miteinander nicht mehr viel anzufangen wusste.

Jemand ließ sich neben ihm auf den Boden plumpsen, es war Paul.

»Hey, was ist los? Zu viel Wodka?«

Kumpelhaft.

»Nein, zu wenig.«

Paul gab ihm ein Bier in die Hand und sagte: »Trink.«

»Warum? Was habt ihr vor? Natascha macht mich an, du benimmst dich wie eine Schwuchtel, was soll das?«

»Was Natascha vorhat, keine Ahnung. Dich ins Bett kriegen wahrscheinlich. Das kennst du vielleicht noch nicht. Frauen wollen manchmal wen ins Bett kriegen.«

»Ach nee.«

»Dann weißt du ja Bescheid.«

»Und wieso schwulst du mich an?«

»Weil ich schwul bin?«

»Sehr witzig. Und Natascha singt im Windsbacher Knabenchor. Also wenn ihr was Verrücktes mit mir vorgesehen habt, wüsste ich das gerne.«

Paul packte unvermittelt Mischas Locken am Hinterkopf, ziemlich fest, und kam mit seinem Gesicht ganz nah an ihn ran. Was wurde das jetzt? Ein Kuss auf den Mund?

Aber Paul meinte nur: »Nein.«

»Nein was?«

»Wir haben nichts für dich vorgesehen. Du kannst dich beruhigen.« Paul sah ihm in die Augen und fragte: »Angst?«

Erst jetzt kam, was kommen musste, nämlich wirklich und tatsächlich der Kuss. Mit Zunge.

Mischa machte erst mal gar nichts. Weder zuckte er zurück, noch haute er Paul eine aufs Maul, noch tat er irgendwas mit seiner Zunge, was ihm als Erwiderung oder so was hätte ausgelegt werden können. Paul küsste weiter, hatte also weiter seine Zunge bei ihm im Mund und schlängelte sie hin und her. Wie lange dauerte so was? Konnte man abwarten, bis es vorbei war? Nun, danach fühlte es sich nicht an. Eher so, als würde Paul weitermachen, bis irgendeine Reaktion kam. Mischa konnte ihn natürlich wegschieben und einen Lauten machen oder ihn wegschieben und keinen Lauten machen, aber das war doch beides uncool. Cool war, das Angebot anzunehmen und einmal kein

Weichei zu sein. Wenn das eine Feuerprobe war, eine Initiation, von der ihm bloß bisher keiner was erzählt hatte, dann wollte er das auf jeden Fall bestehen. Wer weiß, vielleicht galt er sonst für immer als Mädchen und musste bei den Frauen im Zelt bleiben, während die Männer die Büffel jagten und sich Skalpe holten. Holte sich Paul gerade einen Skalp?

Mischa bewegte einfach mal seine Zunge, küssen konnte er ja. Das war mit einem Typen nicht grundsätzlich anders, vom Technischen her betrachtet. Aus dem Augenwinkel sah er ein dickes Mädchen neben sich stehen, total schrill angezogen mit einem Rock aus schwarzem Tüll und einer weiß gepunkteten Strumpfhose. Die Punkte verschwammen immer mehr, je länger Mischa drauf starrte.

Von Pauls Seite aus wurde das langsam ziemlich innig, die Hand in Mischas Haaren wurde weich, die Zunge wurde weich, der ganze Kerl hatte auf einmal was Weiches, das war nicht zu glauben. War das nun abturnend?

Mischa hatte keine Ahnung. Jedenfalls bekam er keinen Steifen. Nur so fürs Protokoll. Auch wenn es vielleicht Vorteile hatte, mit Männern ins Bett zu gehen anstatt mit Frauen. Immerhin würde das die Frauen todsicher auf Abstand halten. Auch Natascha.

Damit war die Sache sofort gelaufen. Er zog seine Zunge zurück und drehte seinen Kopf zur Seite. Paul lachte wie ein Junge, der was angestellt hat und sich unheimlich drüber freut. Das machte es einfacher. Er lachte mit. Paul haute ihm in die Seite. Das entspannte die Lage noch mehr. Mischa haute zurück und zwar kräftig. Er hätte Lust gehabt, richtig zuzuschlagen.

Aber er sagte: »Ich geb einen aus.«

»Ich geb einen aus. Du verkaufst Telefontarife«, meinte Paul.

»Nicht mehr.«

»Was denn? Heizdecken?«

»Ich fahr jetzt Fahrrad.«
»Für Geld?«
»Kurierdienst. Seit einer Woche.«
»Kometenhafter Aufstieg.« Paul schüttelte den Kopf.

Das kam ziemlich überheblich rüber, wenn man Mischa fragte. Er zuckte mit den Schultern und stieg lieber nicht drauf ein. Das war ein einziges Minenfeld, das Thema.

Sie stellten sich an der Schnapsbar an, und als sie anstießen und den Wodka runterkippten, war der Abend wieder offen.

Paul ging aufs Klo. Mischa stand unschlüssig herum. Sollte er wieder tanzen gehen, Natascha suchen oder sich hier auf der Treppe niederlassen, wo man einen super Ausblick hatte auf sämtliche Frauen, die hoch und runter liefen? Von hinten umfasste ihn jemand. Frauenarme, das stand fest, mit Frauenfingern dran, die sich vor seinem Bauch falteten wie zum Gebet und mit Naschas großem, blau-orange-grünem Ring am Mittelfinger. Sie stand dicht hinter ihm, sodass er ihre Brüste an seinem Rücken spüren konnte und die Nässe, die von ihrem durchgetanzten Körper ausging. Sie legte ihr Gesicht von hinten zwischen seine Schulterblätter und presste mit dem Mund heiße Luft gegen seinen Rücken, wie man das bei Kindern macht.

Er griff sich die Hand mit dem Ring und nahm das Plastikding in den Mund. Das Schöne war, dass er dabei ihre Hand halten konnte, die wirklich sehr klein war, und außerdem die Lippen leicht an ihrem Finger hatte. Es wäre ein Leichtes gewesen, ihr die Zunge in die Kuhle zwischen Mittel- und Ringfinger zu schieben. Sollte er?

Er ließ den Ring los, drehte sich zu ihr um, da war ihr zerzaustes Haar, das sie beim Tanzen hin und her geworfen hatte, er packte sie am Unterarm und zog sie weg. Ein paar Meter zu einer Feuerschutztür, die in ein Treppenhaus führte. Leer, grell beleuchtet, ein Notausgang. Da zog er sie rein. Sie wollte was sagen, irgendwas Blödes wahrscheinlich, aber er ließ sie nicht, presste sie mit seinem Körper gegen die Wand und berührte mit dem Mund ihren, so fest, dass sie still war, aber so zart, dass sie mehr wollte, wenn er sich nicht täuschte, und er täuschte sich praktisch nie.

Er hielt seine Lippen geschlossen. Noch. Sie sollte sich wünschen, dass er sie öffnete. Sie atmete schwer und hatte die Augen zu. Er drückte noch immer seinen Körper gegen sie, er war um einiges größer und schwerer, davon sollte sie eine Ahnung kriegen, sollte seine Masse spüren, die Muskeln, die Kraft, die er hatte. Und auch er spürte sie jetzt, die Kraft, die er sich dauernd in diesem Fitnessstudio antrainierte, er spürte seinen Körper und merkte mit einem Mal, ja, das war tatsächlich seiner, seine Arme, sein Bauch, seine Beine, seine Hände, das war alles seins, und er drückte das an sie, und sie wollte das, und es gefiel ihr, sie wollte noch mehr, also machte er sich noch schwerer, und er merkte, wie sie das mochte, dass er groß war, stark und jung.

Natascha öffnete die Augen und sah ihn ernst an. Zu ernst für seinen Geschmack. Wenn sie jetzt was Dummes sagte, war er weg. So was wie »Was machst du denn da?« oder »Was willst du von mir?« oder was anderes Pseudo-Unschuldiges, als würde er da was einfädeln, was von einer erwachsenen, intelligenten Frau nicht ganz einfach zu verstehen war.

»Küss mich«, sagte sie.

Das war was anderes. Er musste lächeln. Er küsste sie, aber auch wieder nicht. Er küsste sie fast. Sie drückte ihren Unterleib an seinen, da bewies der Scheintote mal wieder seine Lebendigkeit. Sie wollte ihn haben, fester auf ihrem Mund, seine Zunge in ihrem, aber er zog das lieber in die Länge, diesen ersten Moment, wenn man sich einig ist und plötzlich alle Zeit der

Welt hat, weil es jetzt eben klar ist, dass sie beide vermutlich nichts mehr aufhalten wird.

Außer Paul natürlich. Der stand da draußen irgendwo herum. Hier würde er nicht suchen. Aber Paul veränderte trotzdem die Lage. Niemand wusste, wie viel Zeit ihnen blieb. Wann sie sich anders entscheiden würde, Natascha, Pauls Frau. Möglicherweise lehnte der sich gerade von draußen an diese Tür, und sie erkannte ihn am Geruch, durch die Eisentür durch, oder sonst was Verrücktes.

»Küss mich, Mischa.«

Wie sie seinen Namen aussprach, puh, das brachte das Fass zum Überlaufen. Er küsste sie heftig, richtig heftig, seine Hände an ihr dran, eine in ihrem Nacken, das lange Haar drüber, eine an ihrer Taille. Da wollte er jetzt ihre Haut spüren, genau da, zwischen den Rippen und den Hüftknochen, sie war bestimmt weich da, ihre Haut, und tatsächlich, die war so was von weich. Natascha hatte anscheinend bloß gewartet, bis was von ihm kam, und jetzt legte sie los. Dieses Schnaufen von ihr konnte einen irre machen. Das klang irgendwie, als wäre sie ewig mit keinem Mann zusammen gewesen, oder ewig mit keinem wie ihm. Man konnte sich echt einbilden, der aufregendste Typ des Universums für diese Frau zu sein, der es dermaßen gut erwischt hat, dass sie bloß auf ihn abfährt. Sie war auch aus dieser äußersten Nähe wirklich schön. Die grünen Augen, ihre Lippen, relativ schmal, aber geschwungen. Zum Glück war der Lippenstift schon lang vorher draufgegangen, aber das hätte ihn jetzt auch nicht gestört.

Natascha sagte plötzlich: »Nicht.«

»Wie?«

Er hörte sich wahrscheinlich ziemlich verzweifelt an. Egal.

»Das geht jetzt nicht. Wann anders. Woanders.«

Oh Mann, das durfte doch nicht wahr sein. Aber sie hatte ja recht. Das ging jetzt wirklich nicht.

Sie schnappte sich wieder seinen Mund, sie fühlte sich zart und klein an, aber überhaupt nicht zerbrechlich. So wie sie sich an ihn drückte, da setzte sie ihm was entgegen, da stellte sie irgendeine Behauptung auf, und in dem Moment hätte er ihr alles geglaubt. Das war immer sein Problem, er wurde so was von leichtgläubig, wenn er so nah an einer Frau dran war.

Glaub nicht, dass du das Heft in der Hand hast, glaub das bloß nicht. Paul hatte bestimmt mehr Ahnung davon, was mit ihr los war, wie sie einen fertigmachen konnte, welche Absichten sie verfolgte, und was man zu befürchten hatte, todsicher eine ganze Menge.

Sie hatte jetzt beide Hände in seinen Locken, und ihr Gesicht war so dicht vor seiner Nase, dass er ihren Atem roch, eine Mischung aus Schnaps, einfach Luft und eben Natascha. Er legte die zweite Hand jetzt auch noch an ihre Taille, jede Hand an eine Seite, unter dem schwarzen Top. Das war mehr, als man vom Leben erwarten durfte, aber er wäre nicht er gewesen, der Mensch wäre kein Mensch, wenn er nicht immer noch was wollen würde, mehr und noch schöner und dass das nicht mehr aufhörte. Wann. Wo. So weit waren sie also gekommen.

»Morgen. Komm zu mir. Denk dir was aus«, sagte er. Um sie zu überzeugen, leckte er kurz über ihre Oberlippe. Sie gab einen rauen, tiefen Ton von sich.

»Morgen geht nicht. Ich ruf dich an«, sagte sie dann.

Er musste weg. Jetzt. Er gab ihr ein Küsschen und rannte zur Tür raus. Die verqualmte Luft schlug ihm entgegen, der Lärm, die Stimmen, die Musik.

War das Natascha gewesen da draußen im Notausgang? Oder war das ein Traum oder ein Trip, hatte er was genommen?

Er setzte sich auf die Treppe und zündete sich eine an. Er musste wieder in die Spur kommen. Die hatte er nämlich gerade mal kurz verlassen. Kein Problem. Er kriegte sich schon wieder ein.

Nach einer halben Kippe war er sich über eines bereits im Klaren: Für heute reichte es. Er brauchte jetzt nicht Paul zu begegnen oder Natascha und Paul oder irgendeinen trashigen Streifen laufen zu sehen und darin eine Hauptrolle zu spielen. Das war für einen Abend schon abgefahren genug gewesen, das war seine Meinung.

Am Ende der Zigarette stand er auf, holte sich seine Jacke und trat den Heimweg an. Es wehte ein kalter Wind, der immer noch nach Winter roch und keine Ahnung vom Frühling hatte. Mischa ging zu Fuß nach Hause, er wollte sich das Hirn noch ein bisschen durchpusten lassen. Das konnte nicht schaden.

8. KAPITEL

NATASCHA: KEIN PONYHOF

Paul ist komisch. Als wüsste er was. Aber selbst wenn er was wüsste, hätte er noch immer keine Ahnung. Er führt ein Leben, zu dem ich keinen Zutritt habe. Und umgekehrt. Ich kann ihn wohl kaum dafür bezichtigen. Täte es aber gerne. Warum ist ihm nie was vorzuwerfen? Immer nur mir. All diese Anklagen, die niemand ausspricht, die aber in der Luft liegen wie ein Gestank von weit her. Herumtreiberin. Man kann nicht alles haben. Madame Neuhofer. Das Leben ist kein Ponyhof.

Wieso nicht? Wer mich vernachlässigt, hat das Nachsehen. Das ist das Spiel. Ich fühle mich im Recht. Lächerlich.

Paul mag Mischa. Er lässt nichts auf ihn kommen und sagt, Mischa wäre eine echte Person, und echte Personen würde er Darstellern in einer Farce vorziehen. Bin ich das, eine Darstellerin? Und unser Leben die Farce? Er redet wirklich manchmal komisches Zeug, als wäre er auf dem Planeten unserer Ehe nur zu Besuch.

Und er hält sich immer für sehr wissend. Er denkt, er blickt durch. Er denkt, das Leben ist ein offenes Buch, das er schon tausendmal gelesen hat. Aber Mischa würde ihn dreimal verleugnen, um einen Ort und eine Zeit zu finden, mit mir zu schlafen. Aber da fängt der Betrug nicht an, wenn man Paul fragt. Bei ihm fängt der Betrug erst beim Selbstbetrug an, und er mag recht haben. Mischa macht tatsächlich niemandem etwas vor. Mir nicht und Paul nicht. Oder täusche ich mich? Ich täusche mich oft. Und immer zu meinen Gunsten. Ich lebe ja nur noch in diesem einen Moment, als er mich hinter diese Tür zieht. Das tut er jetzt immer und immer wieder, den ganzen Tag lang. Er zieht mich da rein und drückt mich gegen die Wand, sein Gewicht an mir dran, der Kuss.

Ich habe ein Wort geträumt: schwanzig. Das ist nicht normal. Dieses Wort gibt es doch gar nicht. Es gäbe »phallisch«, das wäre ein Wort, aber »schwanzig«? Eine Ausgeburt meiner Fantasie. Ein einziges Wort, das mich derart entlarvt wie mein Fingerabdruck, wie meine DNA, sodass ich mich unter meinem Kissen verstecke und mich fühle, als wäre meine Wohnung durchsichtig und draußen würden Schaulustige stehen, um die Frau mit diesem Wort zu sehen.

Natascha will also diesen Schwanz haben und dass aus Mischa dieser Schwanz wird, nur noch ein Schwanz, aufgerichtet, erregt, mit dieser Lust nach vorne. Den will sie haben, den Mischaschwanz, den Schwanzmischa, den möchte sie besitzen und in sich drin haben und nicht mehr hergeben.

So ist das also mit mir. Eine Figur aus einem Porno, das bin ich. Ich wälze mich auf einem billigen Sofa vor einer scheußlichen Tapete und rufe «fick mich, fick mich«, und das Schönste, was ich mir wahrhaft vorstellen kann, ist sein Samen in mir, auf mir drauf und möglichst noch in meinem Mund.

Es gibt keine Schaulustigen, niemanden, aber ich weiß es. Und das genügt. Wir sind verurteilt, allein zu sein mit unserem Tier. Wir schlimmen Frauen. Wie viele wir wirklich sind, frage ich mich. Wir halten uns geheim. Würden wir uns zeigen und auf ein Nicken hoffen, ein Zwinkern, ein Grinsen oder vertrautes Seufzen, niemand käme uns zu Hilfe. Und deshalb tun wir so, als gäbe es uns nicht, als wären wir brav, wie wir das zu sein haben, aber in Wahrheit sind wir versessen darauf, uns einfach nur ficken zu lassen.

Pornoköniginnen. Darstellerinnen.

Wir würden uns niemals tief in die Augen sehen und sagen: »Aha, du gehörst also auch dazu, willkommen im Club.« Wir halten uns lieber bedeckt und gehen das Risiko nicht ein, uns zu outen. Als eine Frau, die ficken will. Noch schlimmer: gefickt werden. Noch schlimmer: in den Mund gefickt werden. Noch schlimmer: in den Arsch.

Ich masturbiere jeden Tag, aber es hilft nichts. Ich schlafe mit Paul, aber es hilft nichts. Ich flirte mit jedem. Aber das hilft auch nichts, das macht es noch schlimmer. Soll ich warten, bis es vorbeigeht? Es geht immer vorbei. Oder warten, bis ich ihn sehe? Oder ihn anrufen und ihn sofort sehen?

Mischa. Ist das nicht der Name für einen Hund? Komm her, Kleiner, na wem gehörst du denn, du bist aber ein ganz Braver, na komm her. Ich kannte das bislang nicht, wie er das macht. Die Zartheit, die Zärtlichkeit, die Langsamkeit. Das macht mich fertig. Ich stehe doch normal auf das Harte, Schnelle. Aber Mischa ist anders, er tut, als hätten wir ewig Zeit, als brauchten wir uns nicht zu beeilen. Das dehnt die Sekunden aus. Das macht aus den paar Minuten im Treppenhaus viele Stunden. Jeder Moment ist einen Meter lang.

Damit verurteilt er mich, an jeden Augenblick zu denken, jede Bewegung, jeden Muskel von ihm an mir dran, das T-Shirt, der Schweiß, der Geruch, so ein Geruch nach Junge und nach Mann, beides. Die Haut an seinem Hals, die Locken, seine Augen so dunkel wie aus einer ganz fremden Welt.

Er ist ein Frauenheld, ein Hallodri, ein Stecher. Und wenn er noch schlimmer wäre, würde er mir noch besser gefallen. Er hat ein Problem. Irgendein tiefes Unglück. Oder das ist seine Masche: trauriger Zug um die schönen Lippen. Funktioniert jedenfalls prächtig. Das Gefühl, ihm ein Lächeln zu entlocken, ein echtes, kein süffisantes, das betört mich, das macht mich richtig high. Ihm etwas wegzunehmen von dem Unglück und etwas Glück hinzuzufügen, das brennt, das treibt mich um, das ist fast noch schlimmer als meine Lust, ihn anzufassen. Ich will deine Hände haben, Mischa, ich will deine Zunge haben, ich will dein Haar, deinen Bauch, deinen Arsch, deine Klamotten will ich, deine Augenbrauen, deine Zähne, deine Spucke, deinen Schweiß, deinen Samen, deinen Schwanz, die Eier, einfach alles. Ich fresse dich. Ich verschlinge dich und verdaue dich, ich gebäre dich, höre deinen ersten Schrei und gebe dir die Brust.

Ich steigere mich da in was hinein.

9. KAPITEL

MISCHA: ZUCKERDOSE

Hi Mischa.« Die Stimme kannte er. Und wie sie das sagte: Mischa.

»Hi.«

»Weißt du, wer ich bin?«

»Klar. Du bist Natascha. Die Sünde.«

Sie lachte. Ein bisschen verlegen, wenn er sich nicht täuschte, ein bisschen unsicher, so kannte er sie gar nicht.

»Ich bin die Sünde?«

»Ja.«

Er presste sein Handy so fest gegen sein Ohr, dass es schon wehtat. Das war so ein Gespräch, bei dem man viel falsch machen und einige Weichen stellen konnte, die ins Nirgendwo führten. Sollte er einfach alles wie immer machen? Komplimente, Späße, Geschichten, alles, worauf die Frauen so standen, aber schön unverbindlich? War das jetzt angesagt? Bei ihr, Natascha? Versaute er damit nicht irgendwas oder ging da nicht was an ihm vorbei?

»Wie geht's Paul?«, fragte er.

»Paul?«

Sie hatte ja recht, das war bescheuert, jetzt nach Paul zu fragen.

»Ja, Paul meine ich. Du kennst ihn. Du bist mit ihm verheiratet.«

»Ach, d e r Paul. Dem geht's gut. Er mag dich.«

»Warum?«

»Warum er dich mag? Weil du so ein süßer Junge bist und außerdem so ein ernsthafter, echter Mensch.«

»Pff…«, machte er. Das war ja vielleicht ein Text. Sie mussten drüber gesprochen haben. So schnell dachte sich das niemand aus. Er, Mischa Mackenroth, ein ernsthafter, echter Mensch? Was wussten die schon. Was wusste Paul schon.

»Das macht es auch schwierig«, meinte Natascha.

»Was? Schwierig? Wieso?«

Er dachte auf einmal an die Zahl Pi. Und daran, was er in der Schule alles hatte ausrechnen müssen, einen Kreis, eine Tangente, den Punkt ausrechnen. Er hatte damals recht gehabt: Das brauchte man im Leben nie mehr. Das war völlig umsonst gewesen, das ganze Rechnen. Das half ihm jetzt kein bisschen weiter.

»Ich hab genug Schwierigkeiten«, sagte er.

»Welche denn?«

Die hatten alle Frauennamen, diese Schwierigkeiten, wenn er sich richtig erinnerte. Und Natascha, die zog wahrscheinlich einen ganzen Rattenschwanz an Schwierigkeiten hinter sich her. Aber sie war nicht blöd. Und es kam ihm so vor, als wüsste sie ganz genau, was sie wollte. Sie hatte was vor. Sie hatte das Heft in der Hand. Die Schlange plauderte noch ein bisschen mit dem Kaninchen, und das Kaninchen war er. Da konnte man bloß stillhalten.

»Das war schön im K4«, sagte sie. »In dem Flur, meine ich. Das war sehr schön.«

Er hörte sie atmen. Dachte an ihr Schnaufen im Flur vom K4 und bekam sofort eine Erektion. Er schwieg. Aber das nützte nichts.

»Was würdest du gerne mit mir anstellen?«, fragte sie leise. »Was genau?«

Ihm fielen tausend Sachen ein. Und keine einzige. Er setzte sich erst mal hin. Vor ihm auf dem Küchentisch nichts als eine Zuckerdose. Keine Ablenkung weit und breit. Man konnte nicht ewig dagegen an. Man war nur ein Mensch, oder etwa nicht, man war nicht Che Guevara, der war außerdem tot.

Mischa dachte ans Kapitulieren. Ans Aufgeben.

»Ich würde wahnsinnig gerne mal meine Hände unter deinen Pullover schieben«, sagte er dann, »und deinen Busen anfassen. Ich glaube nämlich, dass er sich ziemlich gut anfühlt.«

»Nicht zu groß?«

»Doch.«

Sie lachte.

»Mach weiter«, sagte sie dann.

»Ich zieh dir deine Jeans aus, ich will deinen nackten Hintern sehen. In der Jeans ist er super, aber ich will ihn mal nackt sehen.«

»Er ist jedenfalls nicht zu groß.«

»Nein?«

»Genau richtig. Keine Angst. Alles noch gut in Form.«

»Ich hab keine Angst.«

Das war glatt gelogen. Wer jetzt keine Angst hatte, Natascha in seinem Ohr, da drin in seinem Kopf mit ihrer Stimme und ihrem Hintern und allem, der konnte nur ein Vollidiot sein oder ein armer Irrer, der die Welt zum Beispiel für einen Gerichtssaal hält, in dem immer der Richtige dran glauben muss. Vielleicht war er, Mischa, sogar der Richtige. Vielleicht musste man ihn wegsperren.

Natascha säuselte ihm pausenlos ins Ohr, sie hörte einfach nicht auf. Konnte nicht irgendwer diesen Sendemast sprengen?

Er machte den Kühlschrank auf. Licht, ein Glas Pepperoni, drei Eier, eine Tüte H-Milch. Die sollte er mal entsorgen.

H-Milch konnte tatsächlich sauer werden. Er hatte da alle möglichen Testreihen hinter sich. Buttermilch. Joghurt. Camembert. Eisbergsalat. Er wusste nie, ob er mit seinen Versuchen schon fertig war oder ob noch weitere Ergebnisse ausstanden, die kein Mensch vorhersagen konnte.

»Natascha«, sagte er bloß.

Es gab diese eine, ultimativ letzte Chance, dass der Akku den Geist aufgab.

Sie schnaufte wieder. So ein erregtes, tiefes Atmen. Dem konnte man doch nicht widerstehen, Mann, das war doch Wahnsinn zu verlangen, dass er jetzt was Belangloses sagte, was sie beide aus der Nummer wieder rausbrachte.

»Fass mich an, Mischa.«

Da war so ein Flehen.

Alles wurde ihm gleichgültig. Er wollte das nur noch laufen lassen, weitermachen.

Dann wollte er auflegen.

Aber er sagte ihr, wie er sie anfasste und wie er an ihr leckte, ganz leicht, superleicht, und sie sagte: »Ich bin ganz nass, merkst du das?«

Jetzt konnte er nicht mehr auflegen. Es ging nicht. Kurz dachte er daran, das Handy auf den Tisch zu legen und einfach zu gehen, ins Bad oder ganz raus, in sein Café oder am besten in den Baggersee rein, der war so was von kalt zu der Jahreszeit, da konnte man vielleicht einen kühlen Kopf bekommen.

»Ich will deinen Schwanz in den Mund nehmen. Gib ihn mir«, sagte sie.

Die Kühlschranktür war zu. Er saß wieder am Küchentisch. Ihm war schwindlig von zu viel Luftholen. Es gab Leute, die brauchten jetzt eine Papiertüte. Er hatte so was nicht im Haus. Der Küchenfußboden war grau gesprenkelt, Linoleum, irgendein Idiot hatte genau unter ihm ein Brandloch reingebrannt.

Natascha sagte wieder was, sie benutzte ständig dieses Wort, sprach es aus, das sch, das w, das nz. Vor allem das nz machte, dass er wieder zu viel Luft holte. Sein nz spannte sich in der Jeans. Er machte sich den Reißverschluss auf und sah an sich runter. Ein Turm, ein schiefer, verbogener Turm, versteckt unter seinen Boxershorts.

»Natascha, mein Schwanz ist ganz hart.«

»Dann lass ihn frei. Zieh dich aus.«

»Ja.«

Nein. Der sollte da drin bleiben. Da war er doch gut aufgehoben, oder etwa nicht. Er dachte an Rebekka am Baggersee. Er hatte mal gemeint, dass er nie mehr in seinem ganzen Leben zum See rausfahren würde. Aber jetzt freute er sich drauf. Handtuch hinlegen, eine Dose Bier aufmachen, ein Buch, der Geruch von Sonnenmilch und unten am Wasser ein paar Hunde, die sich das Wasser aus dem Fell schütteln und die Leute auf ihren Decken zum Kreischen bringen.

»Ich schiebe ihn mir in den Mund. Aber ich schließe meine Lippen noch nicht richtig. Du spürst noch nicht viel. Du siehst ihn aber in meinem Mund verschwinden.«

»Fester, Natascha«, sagte er.

»Dein Schwanz ist total hart. Ich schiebe ihn mir ganz tief rein.«

Er hörte sich diesen hellen Ton von sich geben, ein Stöhnen, das er nicht kontrollieren konnte.

»Ich will, dass du mir in den Mund spritzt. Ich will deinen Samen haben.«

»Den kriegst du gleich, wenn du so weitermachst.«

»Fasst du dich an? Masturbierst du?«

»Ja.«

»Ich auch. Ich bin total nass.«

Sie keuchte.

»Ich komm gleich, Natascha. Ich spritz gleich ab.«

»Sag noch mal ›abspritzen‹. Das macht mich fertig, wenn du das sagst.«

»Abspritzen, ich werd gleich abspritzen.«

Sie stöhnte.

Dann war sie fertig.

Sie schwieg, und er wusste nicht, ob sie verlegen war oder bloß eine Pause brauchte.

»Bist du noch da, Mischa?«

»Ja, klar.«

»Was ist los?«, fragte sie.

Alles war Vergangenheit. Imperfekt. Präteritum. Plusquamperfekt.

»Was?«, fragte er.

Natascha: »War's schön?«

Diese Frage. Wenn ja, durfte man das sagen, und wenn nein, durfte man das nicht sagen, das war Lektion eins im allerersten Band in der Version für Einsteiger.

»Hm. Ja. Ja, ähm, ich hab das noch nie gemacht. Am Telefon«, meinte er.

»Ich auch nicht.«

Auch wenn das vielleicht gelogen war, es gefiel ihm. In irgendwas der Erste bei ihr zu sein.

»Wir haben nichts Schlimmes gemacht, oder? Mischa, du machst dir immer zu viele Gedanken.«

»Das wäre mir neu.«

Sie lachte. Fast hätte ihr Lachen das Herandonnern dieser schrecklichen Niedergeschlagenheit aufgehalten. Die kannte er, die blieb lange da und konnte einem das Leben zur Hölle machen. Er hörte das Grollen, ein Zimmer weiter, durch den Flur, es kam schnell näher.

Er schaute auf die blauen Dreiecke seiner Shorts. Darunter sein Glied, weich und völlig unschuldig.

»Ich muss Schluss machen«, sagte sie. »Hast du am Wochenende Zeit? Wir wollen irgendwas anstellen.«

»Wer wir?«

»Paul, du und ich.«

Paul, du und ich. Ich, du und Paul. Du, ich und Paul. War das ein Universum oder ein verdammter Planet in irgendeiner Galaxie oder was war das, was sollte Paul da auf einmal wieder, und wieso war sie so dermaßen cool?

»Denk drüber nach, Mischa.«

»Ich denke sowieso zu viel nach.«

»Ich weiß.«

Er legte auf, auf dem Display von seinem Handy wurde die Dauer der Verbindung angezeigt, dreiundvierzig Minuten.

Er saß da in seiner Küche wie ein Bekloppter mit offener Jeans und starrte auf die Zuckerdose. Ihm war kalt. Und die Stille zerrte schön langsam an seinen Nerven. Er machte das Radio an, aber gleich wieder aus, als der Moderator schrie: RUFT AN, HOLT EUCH DIE TICKETS!

Mischa wollte kein Ticket. Er musste einen Schluck Leitungswasser trinken. Mit den Händen über die Oberschenkel reiben, dann durch die Haare fahren. Den Kopf schütteln.

War sie verrückt geworden? Anrufen, Sex haben, am Telefon, wir haben nichts Schlimmes gemacht, auflegen. Machte man das jetzt so? Hatte er was verpasst? Himmel noch mal. Er fühlte sich mies. Mittendrin war so was in Ordnung, aber danach, das musste er sagen, danach war das nicht mehr so in Ordnung.

Leere, Beklemmung. Einsamkeit nicht zu vergessen.

Er fragte sich, wozu er sich hatte hinreißen lassen. Mann, war sie fix bei der Sache. Eine Entschlossenheit, von der andere nur träumen konnten. Wie war sie drauf gekommen? Lag sie nach der Arbeit auf ihrem Sofa, Paul war nicht da, und sie dachte: Ach, ich bin gerade geil, ich hab's gerade nötig, da ruf ich halt den Mischa an, und wir besorgen es uns am Telefon, wir haben nichts Schlimmes gemacht! Ja? War das nicht unglaublich abgebrüht? Mann, sie hatte da ein paar Zwischenstufen ausgelassen.

War das etwa eine niederträchtige Retourkutsche des Lebens? Die jungen Dinger mochten sich ähnlich gefühlt haben in seinem Bett: irgendwie konsumiert. Das war es, er fühlte sich konsumiert wie ein Schokoriegel an einem stinklangweiligen Nachmittag. Man frisst den nur rein, weil einem nichts anderes einfällt. Frauen sollten anders sein, dachte er. Auch Männer sollten anders sein, aber das waren halt Männer, und die Geschichte der Menschheit stand auf ihrer Seite, oder etwa nicht. Aber Frauen? Die mit ihren Brüsten Kinder stillen, die Haare wie Seide haben und unheimlich kleine Füße, an denen sie kleine Ketten tragen, bloß um ihre Zerbrechlichkeit noch zu unterstreichen?

Er brauchte sich gar nicht aufzuregen. Eine Frau, die einfach das eine wollte, kam die nicht genau richtig? Wie Kathrin damals auf dem Küchentisch? Eine, die nicht diesen Eindruck hinterließ, sie täte einem einen Riesengefallen?

Rebekka. Und war sie noch so erregt, wenn er sie leckte, mit unwahrscheinlicher Geduld und mit aller Ausdauer, die nun mal nötig war, und sie hatte einen ewig langen, intensiven Orgasmus, und sie klemmte seinen Kopf zwischen ihren Beinen ein, als müsste er da festgeschraubt werden. Am Ende, wenn sie friedlich zusammenlagen, lächelte sie immer dieses seltsame Lächeln, als hätte sie ihm gerade was Kostbares geschenkt und nicht umgekehrt. So kannte er das. Frauen, für die Sex mehr eine Zwischenstation war zu was Wertvollerem. Oder ein Mittel zum Zweck. Ihn zu kriegen zum Beispiel. Je jünger die Frauen, desto mehr Illusionen darüber, was mit ein bisschen Sex zu kriegen war. Von ihm jedenfalls gar nichts. Außer ein Küsschen, ein paar nette Worte, der Höflichkeit halber. Da war er immer Gentleman gewesen.

Natascha hatte ihm keinen Gefallen getan. Sie hatte sich geholt, wonach ihr gerade zumute war. Aber sie hatte nicht alles gekriegt. Zum Glück. Würde er sie da wirklich ranlassen, die war imstande und biss sich ein Stück ab. Her damit. Konnte sein, er steckte in ihrer Möse und kam da nicht mehr raus.

Sie hatten nichts Schlimmes gemacht. Bloß, dass es diese bitteren Gedanken hinterließ und so ein Gefühl, wie wenn der Porno noch läuft, man aber schon fertig ist.

10. KAPITEL

NATASCHA: MISCHA-SCHNUPFEN

Schlimm. Ich denke nachts an ihn, im Schlaf. Ich wache auf und denke seinen Namen. Es mischat überall. So wie es nach Frühling riecht, so riecht es nach Mischa in der Stadt. Die Leute haben Heuschnupfen und dann wissen sie, dass der Winter vorbei ist. Ich habe Mischa-Schnupfen. Ich steige aus dem Auto, gehe zur Arbeit mit meinen Absätzen, klack-klack, und es regnet, und es will noch nicht richtig warm werden oder richtig hell, aber in mir drin ist es warm und hell.

Diese Bilder ständig, von ihm mit dem Telefon am Ohr, ich stelle mir das vor, seine Wohnung, er sitzt auf einem Sofa mit seinem Schwanz in der Hand.

Lust. Nicht Liebe. Ich darf und darf und darf das nicht verwechseln. Seine schwarzen Locken und sein Gesicht. Vor allem sein Mund, ich denke an seinen Mund, seine Stimme und seine Erregung, die ich gehört habe, leise, aber stark. Das Wort, das er gesagt hat, jetzt geniere ich mich. Seltsam, dass ich mich mit ihm nicht geniert habe. Er war so von jetzt auf gleich dabei. Einfach unbedingt, jetzt, sofort. Vielleicht, weil er so jung ist.

Ich zapfe etwas ab, ich sauge etwas heraus von seinem Jungsein, seiner Bereitschaft, seiner Furchtlosigkeit, seinen Möglichkeiten im Leben und tue ganz kurz so, als könnte ich das greifen und festhalten und selber wieder ganz jung sein und alles vor mir haben. Vielleicht ist es nur das, was mich so anzieht an ihm, was er noch vor sich hat und nicht schon hinter sich. Dabei trennen uns nur acht Jahre. Acht Jahre können ein halbes Leben sein, scheint mir.

Ich wollte das, ich habe es bekommen. Bekomme ich nicht immer alles? Aber es ist dadurch nicht weniger geworden, sondern viel mehr. Weil die Sehnsucht, ihn wirklich bei mir, neben mir, auf mir zu haben, wächst und wächst und wächst. Das heilt nicht die Zeit. Eine kurze, heftige Erfüllung, die nur ausgeliehen war, geborgt, und dann musste ich sie zurückgeben.

Mein Leben mit Paul leidet nicht darunter. Wir sind uns nahe. Auch wenn meine Gedanken abschweifen und manchmal meine Möse feucht ist, einfach so. Wenn Paul dann dasitzt und mich anschmunzelt und sich eine Kippe anzündet, dann gefällt er mir, dann fühle ich mich sicher. Er weiß immer, was er will. Er ist kein Junge, der auf der Suche ist. Das, was er hinter sich hat, zieht mich an. Das, was er weiß. Und weil Mischa da ist, kann ich Paul noch mehr lieben. So funktioniert das immer wieder, immer wieder.

Ich darf es nur nicht übertreiben. Mit Mischa durchzubrennen, das kann ich mir zum Beispiel nicht leisten. Warum sollte ich? Höchstens weil ich es ausreizen und bald weniger glücklich sein möchte.

Keine Angst, Paul, keine Angst.

Das sage ich auch zu mir selbst: Keine Angst, Natascha, keine Angst. Aber ich glaube es mir nicht.

*

Also gut. Mischa ist nicht so leicht zu kriegen, wie ich dachte. Ich muss überlegter vorgehen. Den Dingen nicht nur ihren Lauf lassen. Mein Repertoire erweitern. Er ist also einer von den kniffligen Projekten. Was ist nur los mit ihm. Ist das Sturheit? Oder das Übliche? Ich bin doch nicht die Frau, die morgen ihre Koffer packt, bei ihm einzieht und ihm das Halsband anlegt. Aber das weiß er vielleicht nicht. Jungen denken vielleicht so etwas. Ich werde sie nie begreifen. Dass es nicht einfach nur schön sein kann. Je schöner es wird, desto mehr Angst haben sie. Nur Paul hat keine Angst. Wenn es zu schön wird, haut er ab. Er bleibt da sitzen, er bleibt da wohnen, er bleibt in meinem Bettchen liegen und schläft seelenruhig ein, aber er ist trotzdem weg. Ich erreiche ihn nicht mehr. Ich bekomme nichts mehr mit. Er ist für sich. Dauert das lange genug, sodass er sich wirklich ganz sicher sein kann, dann kommt er wieder.

Aber das fühle ich nicht. Ich fühle, dass Paul weggeht und weg ist, und dass er dort glücklich ist, und warum sollte er sich also an mich erinnern. Wir verstehen uns einfach nicht. Unsere Wünsche sind nicht die gleichen. Unsere Sehnsüchte nicht. Unsere Angst nicht. Wir könnten uns gar nicht noch mehr voneinander unterscheiden.

Aber ich kann warten. Soll Paul losziehen und spät heimkommen, soll er in seinem Zimmer verschwinden und unansprechbar sein, soll er mir ständig ausweichen, immerzu müde sein, immerzu erschöpft und heute nicht und so weiter. Und Mischa? Soll er sich tot stellen, soll er stillhalten. Ich kann warten. Ich ziehe mein Programm durch, arbeiten, essen, schlafen. Ich gehe zum Sport, um fit zu bleiben, ich lese ein Buch, um nicht durchzudrehen, ich masturbiere morgens, abends sehe ich fern, ich treffe meine Freundinnen und trinke viel Buttermilch, weil das gesund ist, und viel Wein, weil das nicht gesund ist. Ich kann warten. Es ist nur der Eisprung heute. Vielleicht noch einen Tag oder noch zwei. Dann lässt das nach, dass ich bitte so unbedingt mit jemandem schlafen möchte.

11. KAPITEL

MISCHA: VERDAMMT RENN

Pauls Mutter war gestorben, es gab ein paar Dinge zu erledigen. Paul machte keine große Sache draus. Er sagte nur, er sei nicht überrascht, denn damit habe er schon immer gerechnet, solange er denken könne, sei seine Mutter irgendwie dem Tode nahe gewesen, auf unheilvolle, unerklärliche Weise, und nun war es eben passiert. Mischa sollte nur beim Ausräumen des Hauses helfen.

Er hatte schon schlechtere Jobs gehabt.

Aber er wunderte sich über Paul, dem es nicht ein einziges Mal die Tränen in die Augen trieb. Nicht beim Steckenpferd vom Dachboden, nicht beim Hochzeitsfoto, auf dem Frau von Abenberg wirklich toll aussah, nicht beim Schlafzimmer, in dem es deutlich danach roch, dass die alte Dame nicht mehr alles im Griff gehabt hatte.

Ein waschechtes Steckenpferd! War Paul damit durch den Garten gesprungen? Oder machten das bloß Mädchen? Mischa hatte keine Ahnung. Paul schleppte die Sachen raus, warf sie in einen Container, holte das nächste Stück, rauf auf den Schrott, und so weiter. Irgendwas Kleines wollte man doch von seiner Kindheit behalten.

Paul redete nicht. Außer vielleicht: »Kommst du mal in den Keller runter?« Aber nichts über seine Eltern, die Brüder, die Schwester, seine Kindheit, diese Familie eben, nichts.

Am dritten und letzten Tag hielt es Mischa nicht mehr aus.

»Wie geht's dir eigentlich?«, fragte er. »Wegen deiner Mutter, meine ich.«

Paul sah ihn an, verschwitzt, mit glänzender Glatze. Wurden seine Augen feucht? Fing er gleich zu heulen an? Er stand einfach auf, sammelte noch das Werkzeug zusammen und sagte: »Komm, Kleiner, wir gehen noch was trinken.«

»Musst du mich immer ›Kleiner‹ nennen?«

»Nein.«

Paul legte Mischa einen Arm um die Schulter und hielt kurz inne, so einen winzigen Moment lang, in dem man denken konnte, er würde sich gleich an ihn dran werfen und alles rauslassen. Mischa versuchte, ihn zu umarmen, das war wie ein Reflex, er hatte nicht drüber nachgedacht.

Aber Paul lächelte seltsam und ging sofort einen Schritt auf Abstand und machte dann nur so eine Kopfbewegung, los, weg hier.

Klar. Der Kleine konnte Paul nicht trösten, selbst wenn der es vielleicht wirklich nötig hatte. Frauen waren da schon einfacher, die erwarteten immer, dass man sie in den Arm nahm. Dabei hätte es ihm nichts ausgemacht, Paul in den Arm zu nehmen. Im Gegenteil. Er war gut in solchen Sachen.

»Wie war die Beerdigung?«, fragte er im Auto.

»Ach so das«, antwortete Paul. »War wie immer.«

Eine Pause entstand, die gar nicht mehr aufhören wollte. Jetzt musste Mischa langsam was einfallen. Was sollte er sagen?

»Ich weiß, dass ihr telefoniert habt, Mischa«, sagte Paul und fuhr über eine absolut dunkelgelbe Ampel.

»Wirklich?«

Mischa kam ordentlich ins Schwitzen. Sollte er eine Beichte ablegen? Und hatte er was anderes zu erwarten, als KEINE Absolution?

»Klar«, sagte Paul nur und lachte.

Was gab es da zu lachen?

»Aber wir haben nicht nur telefoniert. Also es war eigenartig.«

»So so, eigenartig. Und? Eigenartig gut?«, fragte Paul.

Das klang weder zynisch noch verbittert oder so. Paul schien sich eher köstlich zu amüsieren.

»Nein, irgendwie nicht. Bist du nicht sauer? Ich meine, sie ist deine Frau.«

»Deswegen. Ich hab dir schon mal gesagt, ich kenne Natascha. Und zwar besser als du, viel besser. Ich muss mir wegen ihr nicht den Kopf zerbrechen. Ich nicht.«

Mischa wunderte sich schon, fühlte sich aber vor allem erleichtert. Paul nahm ihm wirklich nichts übel. Paul war viel mehr als ein Freund. Er war der netteste Typ auf diesem Erdboden, auf dem nette Typen sowieso eine Seltenheit waren, der Planet war von netten Typen, die so was verstehen konnten, nicht gerade überzogen.

Aber dann wurde Paul ganz ernst. »Mal dir keine rosige Zukunft aus, Mischa. Pass auf dich auf«, sagte er.

»Ich soll auf mich aufpassen?«

»Ja. Sie wird dir das Herz brechen.«

»*This heart is broken, there's nothing to break*«, tönte Mischa.

»Glaub einem alten Mann. Wäre besser für dich.«

Paul ließ den Motor an.

»Du bist nicht alt.«

»Im Vergleich zu dir schon. Zum Glück. Sie braucht mich nicht mehr als Kerbe auf ihrem Colt.«

»Na super.«

»Ich hab dich jedenfalls gewarnt. Ich bin hier nicht derjenige, der sich Sorgen machen muss.«

»Mann, Paul, du machst mich echt fertig.«

»Sie wird dich fertigmachen. Und jetzt hör auf damit.«

Das kam Mischa nicht gerade ungelegen.

Sie gingen in die Planungskneipe. Da gab's das beste griechische Essen der Stadt und jede Menge Flugblätter und Leute von der Antifa und solche Typen. Hier fiel es nicht auf, wenn man dauernd nachbestellte, noch eins, eins noch und so weiter. Als sie gezahlt hatten, weil die Wirtin schließen wollte, hatte Mischa damit zu tun, nicht zu stolpern. Sie traten raus auf den Gehsteig, die Luft roch nach gemähter Wiese. Die musste der Wind hergebracht haben, weil weit und breit keine Wiese zu sehen war.

»Und, was stellen wir noch an? Ein Absacker im Gelben Haus?«, fragte Paul.

Sie machten sich auf den Weg zur Hauptstraße, pinkelten an einen Altglascontainer und traten gegen einen Mülleimer. Irgendwas lag in der Luft. Mehr als eine gemähte Wiese. Das Haus war ausgeräumt und fertig für die Zwangsversteigerung, Pauls Mutter unter der Erde, Natascha für Mischa passé, und die Dinge entwickelten sich. Kein schlechter Abend. Einen Freund wie Paul zu haben, das war schon was.

Sie überquerten die Straße und sahen auf den Asphaltinseln die Plakate von den Republikanern hängen, schön aufgereiht, die ganze Straße lang, das konnte man gar nicht übersehen.

WIR LASSEN DIE KIRCHE IM DORF UND DIE MOSCHEE IN ISTANBUL.

Paul trat gegen das Plakat, mit einer Wucht, dass das Ding aus der Drahtverankerung riss. Dann hüpfte er drauf herum wie eine Art Neandertaler, dem es ums Überleben geht, und brüllte: »Ich kann die Schweine nicht ab!«

»Hey, du bist Beamter. Deine Pension geht gerade flöten«, meinte Mischa und lachte.

»Unser Land geht flöten! Komm, da sind noch mehr.«

Schon war er zwanzig Meter weiter, und das nächste Plakat musste dran glauben.

DER HEIMAT ZULIEBE BLAU WÄHLEN.

Dagegentreten, drauf rumhüpfen. Die gute deutsche Frau im Dirndl sah ziemlich ramponiert aus. Paul kannte kein Halten mehr.

Das dritte Plakat nahmen sie sich gemeinsam vor. GOLDZÄHNE FÜR ASYLBEWERBER? ZAHNLÜCKEN FÜR DEUTSCHE?

Das tat ganz schön weh, die Treterei. War aber effektiv.

Sie hatten schon zehn Stück niedergemacht, als ein paar türkische Kids applaudierten und zur Bekräftigung eine Flasche auf die Straße schmissen. Paul war nicht zu bremsen. Er lachte auf eine Weise, so was hörte man sonst in Horrorfilmen. Schließlich breitete er die Arme in den Nachthimmel aus und schrie: »Wir machen sie platt, die Wichser!«

Dann bremste ein Streifenwagen neben ihnen.

»Die Bullen!«, rief Mischa.

»Scheiße!«, brüllte Paul.

Die stiegen aus und kamen direkt auf sie zu.

»Paul, reiß dich zusammen, keine Beamtenbeleidigung!«

In den Wind gesprochen.

»Tag, die Oberförster«, sagte Paul.

»Sehr witzig, der Herr. Weisen Sie sich aus. Sie haben sich gerade strafbar gemacht.«

Mischa kramte in seiner Jackentasche, Paul sah sich um. Er hatte was vor, aber was? Mischa ging ein paar Schritte zurück, aber den Polizisten passte das nicht.

»Bleiben Sie hier. Stellen Sie sich da ans Auto.«

Er stellte sich ans Auto.

Er überlegte, was das geben würde. Sozialstunden wahrscheinlich. Oh Mann.

Aber Paul kam auf einmal angerannt und schubste wie ein Stier den Oberförster weg. Der andere Polizist wollte eingreifen, bekam aber Pauls Faust ins Gesicht, da schoss Blut aus der Nase. Jetzt kriegte es Mischa echt mit der Angst zu tun, hatte aber keine Zeit nachzudenken, weil Paul ihn mit sich riss.

»Lauf, verdammt, renn!«, schrie der.

Und Mischa rannte, Paul dicht vor ihm, sie rannten rein in die nächste Seitenstraße, ein Stück weiter auf einen Parkplatz, zwischen den Autos durch, der Polizist, der noch eine intakte Nase hatte, nahm die Verfolgung auf. Sie rannten also weiter, was gab's jetzt auch noch für Alternativen, und Paul schrie »Huh!«, als wäre das ein Mordsspaß. Mischa hatte einen waschechten Adrenalinflash und fühlte sich, als könnte er bis nach Marathon und zurück rennen. Diese ganze Plackerei im Fitnessstudio machte sich endlich mal bezahlt. Auch Paul machte nicht schlapp, er rannte quasi um sein Leben. Der Abstand wurde größer. Sie hörten nur noch ihre eigenen Schritte und ihr tierisches Schnaufen. Bis sie in den Park einbogen, ein um diese Zeit stockfinsteres Loch. Sie rannten über den Spielplatz in ein Gebüsch und blieben stehen, keuchend und vornübergebeugt. Paul grunzte. Der fand das immer noch witzig.

»Pscht. Sei still, Mann«, meinte Mischa, irgendwie musste der zur Vernunft gebracht werden, der Herr Beamte.

»Die sind weg!«, rief Paul, ohne sich um irgendwelche Verfolger zu scheren.

»Halt die Klappe!«

Sie horchten in die Dunkelheit, während Paul immer mal wieder kicherte, was dann doch langsam ansteckend wirkte. Kein Oberförster weit und breit.

»Ja, die sind weg«, keuchte Mischa schließlich, fiel hin und hatte das feuchte Gras praktisch in der Nase.

Paul kippte neben ihm um und kriegte sich nicht mehr ein vor Lachen.

»Das war knapp, Paul, das war knapp. Du hast dem echt eine verpasst!«

»Ich hab einen Gefangenen befreit!«, rief Paul.

»Pscht!«

Da fuhr ein Streifenwagen mit Fernlicht durch den Park. Sie verkrümelten sich noch tiefer ins Gebüsch und verschanzten sich hinter einer kniehohen Mauer, legten sich da auf den Boden, Paul kicherte wieder. Es roch nach Hundescheiße.

Der Streifenwagen fuhr im Schritttempo um den Spielplatz herum und machte kehrt.

»Mischa, du bist ein wahrer Freund!«

»Du bist ein wahrer Freund, du hast mich befreit«, flüsterte Mischa.

»Nur weil du ein wahrer Freund bist. Nur deswegen. Sonst wäre ich doch allein abgehauen.«

»Echt?«

»Klar.«

»Komm, wahrer Freund, wir machen uns vom Acker«, meinte Mischa.

»Komm mit zu uns. Ich hab noch Wodka daheim.«

»Nee, lass mal.«

»Du kannst ihr nicht ewig aus dem Weg gehen, Kleiner.«

»Ich geh niemandem aus dem Weg. Außerdem, du hast mich doch gewarnt, Mann.«

»Aber ins Gelbe Haus können wir jetzt nicht mehr.«

»Gehen wir zur Tanke, kaufen uns ein paar Bier und hocken uns hier an den Brunnen.«

»Also los.«

Sie rappelten sich hoch, standen dicht beieinander, und wieder gab es so einen Moment, in dem Mischa diesen wahren Freund gerne umarmt hätte, aber irgendwas hielt ihn zurück. Paul stand so seltsam vor ihm, so kannte Mischa ihn gar nicht, irgendwie fragend und hilflos, aber in der Dunkelheit täuschte das wahrscheinlich.

12. KAPITEL

NATASCHA: FIEBERFANTASIE

Jetzt wird das Spiel langweilig. Jetzt macht es keinen Spaß mehr. Jetzt schmeiße ich gleich die Figuren und die Würfel auf den Boden und das Spielfeld hinterher.

Sie treffen sich ständig, aber ich darf nicht mit. Paul geht jetzt auch trainieren, im gleichen Studio natürlich. Dann hocken sie noch in der Sauna, dann gehen sie noch ein Bier trinken. Ich gehe leer aus.

Kein Anruf von Mischa, kein Lebenszeichen, kein Mucks. Wenn er Paul anruft, dann auf seinem Handy. Damit ich nicht drangehe. Ich dachte, Mischa wäre leichte Beute. Ich verschätze mich ständig, wenn es um Männer geht. Meistens zu meinen Gunsten. Sehe ich dann irgendwann klar, bin ich überrascht, jedes Mal wieder.

Nur Paul, der hält keine Überraschungen parat. Der ist eben Paul. Immer der Gleiche. Und unbarmherzig, wenn es darum geht, mir ein Date mit Mischa zu verschaffen, ein Zusammentreffen, zufällig oder irgendwie.

Sie fahren zum Baggersee raus. Ohne mich. Das macht mich krank. Ich sitze zu Hause auf der Terrasse, trinke meinen Campari, dann noch einen, und sie springen ins Wasser und lachen wahrscheinlich und sind die glücklichsten Menschen der Welt. Die haben keine Sorgen, die denken nicht mal an mich, die sind egoistisch und gemein, und ich hasse sie. Alle beide.

Wenn Paul mit mir baden geht, gnädigerweise, sitze ich bloß da, habe die Stöpsel im Ohr, höre die Babyshambles, weil das eine von Mischas Lieblingsbands ist, und ich glotze aufs Wasser und sehe Mischa darin schwimmen, dann ans Ufer kommen, dann einen Ball hin und her kicken und so weiter und so weiter, nichts als eine Fieberfantasie.

Ich schwärme heimlich und stumm. Es ist peinlich. Ich suche Mischa überall. Im Internet zum Beispiel. Er ist in allen möglichen Chatrooms und Communitys unterwegs. Und? Bringt mich das weiter? Jedenfalls habe ich rausgekriegt, wie ich anonym auf seine Seite schauen kann, ich verfolge ihn aus dem Hinterhalt und sehe mir sein Profil an, seine Fotos. Er lacht immer. Ich gehe ganz nah ran an den Monitor, um ihn noch genauer anzuschauen, um ihn irgendwie zu ergründen oder auch zu verhexen.

Ich fahre an seinem Haus vorbei. Als könnte man da zufällig vorbeifahren. Ich gehe regelmäßig in Kneipen, in die er vielleicht auch geht. Ich träume nachts von ihm, ich träume sogar, dass ich schwanger bin. Das auch noch. Jetzt geht das wieder los. Schwanger mit einem kleinen Hasen. Ich liege auf einer Liege beim Arzt und sehe auf den Bildschirm vom Ultraschallgerät, und da sitzt er, ein kleiner Hase, strahlend weiß, mit zwei kleinen Hasenohren und bläulichen Augen. Er schaut mich an. Wie ein Mensch, wie ein erwachsener Mensch, ernst, durchdringend, als wollte er etwas in meinem Gesicht lesen. Vielleicht, was er bei mir zu erwarten hat und ob es mir zuzutrauen ist, ihn gut zu versorgen, immer frisches Heu, Streicheleinheiten, das ganze Hasenprogramm.

Ich trage jetzt diesen Blick mit mir herum, den fragenden Blick eines Hasen, der in meinem Bauch darauf wartet, dass ich ihn zur Welt bringe.

Ist das Thema Kinder wieder da? Noch nicht fertig? Kaum gefällt mir ein Typ, schon soll er mir ein Kind machen. Mein Körper ist simpel gestrickt. Alles ganz einfach. Das ist so leicht zu durchschauen, da kann doch keine vernünftige Frau drauf reinfallen.

Ich wünsche mir ein Kind, Mischa, von dir, Mischa.

Aber ich will nicht wirklich auf Dauer eines haben.

Noch liegen sie auf der Lauer. Ein Staat, eine Stadt, eine Familie, Schulen, Kindergärten, McDonald's, Lego, MTV, Vodafone. Noch haben sie mich im Visier. Mich und mein Produkt. Aber ich werde es nicht herstellen.

Paul ist sowieso pedantisch, wenn es um seine Kondome geht. Aber Mischa. Der könnte mir gefährlich werden. Wenn ich ihn mal zu sehen kriegte. Abwarten, ablenken, nicht so schwer nehmen, locker bleiben, das ist alles nichts für mich. Aber ich gebe nicht auf. Ich gebe nie auf. Ich kann nur aufhören, wenn ICH das Interesse verliere.

Zum Glück gibt es Paul. Paul ist da, er ist immer da. Da gibt es Tage, an denen ich nicht daran denke, dass ich ihn verlieren könnte. Und nichts erinnert mich daran, dass es für gar nichts eine Gewissheit gibt oder eine Garantie, nicht einmal für Paul. Fällt es mir wieder ein, wird mir schwindlig. Ich komme ins Taumeln. Es erschlägt mich fast. Auch Paul könnte weggehen.

Wenn ich nicht irgendetwas dafür tue, dass er bleibt.

Aber mir fällt immer was ein.

Mir wird auch mit Mischa was einfallen.

13. KAPITEL

MISCHA: DÜSTERE ZONE

Ganz langsam fühlte er sich vor den Frauen sicher. Obwohl er doch genau wusste, dass man vor denen nie wirklich sicher war. Aber alles war so weit im grünen Bereich, sodass er mal wieder was riskieren konnte. Es war ja schon völlig normal, dass er um sieben aufstand und dann frisch rasiert zur Uni fuhr, um irgendwelche Vorlesungen zu besuchen, Semesterarbeiten zu schreiben und diese ganzen Sachen, die ihm so völlig unmöglich erschienen waren. Er war jetzt dabei. Er hatte was auf der Habenseite zu verbuchen. Paul war stolz auf ihn.

Er konnte also mal wieder ein bisschen nachlassen, ohne gleich ins Schwanken zu geraten, das war seine Meinung. Man konnte schließlich nicht ewig so tun, als lebte man nicht an einem Abgrund, wenn das Rauschen da unten in der Tiefe so laut war, dass man manchmal sein eigenes Wort nicht mehr verstand.

Und kurz vor Weihnachten war es dann so weit. Er plante ein Fest.

Er war sich nicht sicher, ob er einfach nicht drum herum kam, Natascha mit einzuladen, oder ob er es genau da drauf anlegte. Paul meinte bloß: »Da brauch ich nicht zu fragen. Klar kommt sie mit.«

»Klar«, antwortete Mischa und hatte so ein Ziehen im Bauch, das ihm eine Warnung war. Er musste höllisch aufpassen. Die Einladung allein würde Natascha nicht versöhnen, so viel war klar. Er brauchte was, was sie friedlich stimmte. Er konnte sich gut vorstellen, was sie von ihm hielt und wie sie auf ihn zu sprechen war. Er musste dafür sorgen, dass sie vergaß, dass er sich nie gemeldet hatte und ihr gründlich aus dem Weg gegangen war.

Aber Frauen vergaßen nie irgendwas. Die waren so was von nachtragend. Die hatten ein Gedächtnis wie Elefanten. Und auf Verständnis konnte man in diesen Dingen auch nicht hoffen. Dabei war das doch nicht so schwer zu kapieren. Das musste Natascha doch eigentlich einsehen.

Egal. Er hatte sie eingeladen, und sie würde kommen. Mehr nicht.

Die Aussicht auf die Party hob seine Stimmung. Er wurde fast euphorisch. Er war bereit.

*

Die ersten Leute kamen um halb neun. Ein paar Studentinnen vom Strafrechtskurs, Robin und Fin, seine ältesten Freunde, Sandy, die immer die Lauteste von allen war, und zwei Typen, die er noch vom Callcenter kannte. Dann stand Bianca vor der Tür, eine aus der alten Clique in der Schule. Sie hatte ein viel zu dünnes Kleidchen an mit einem winzigen Jäckchen drüber, sodass sie mal wieder schrecklich fror. Sie sah entzückend aus. Das fiel ihm nicht zum ersten Mal auf. Aber Bianca war sexuellen Dingen gegenüber nicht gerade aufgeschlossen.

Er hatte Angst, sie in die Küche zu bringen und der Horde Wilder auszuliefern, die nun mal seine Freunde waren.

Er sorgte dafür, dass alle wussten, wo man sich was zu trinken nehmen konnte, und ging pinkeln. Er erfreute sich an dem Plätschern und fand, dass die Dinge sich hervorragend entwickelten. Er hätte glatt Bäume ausreißen, die ganze Zeit blöd grinsen und zehn solche Partys hintereinander mit genau den gleichen Leuten abfeiern können.

Aber wo blieben Paul und Natascha? Machte sie sich schön? War sie schön? Er konnte sich nicht mehr richtig an sie erinnern, hatte bloß noch ihr »Küss mich!« im Ohr und den Geruch, der von ihrem Körper ausging, als er an eine weiße Wand gepresst wurde. Aber das Gesicht war weg, grüne Augen, daran erinnerte er sich, aber er sah sie nicht mehr vor sich. Das konnte also eine Enttäuschung werden, wenn sie hier hereinspazierte, aber umso besser, dann war die Sache endgültig ausgestanden.

Er lief an seinem Zimmer vorbei, Che Guevara blickte ernst und zuversichtlich von der Wand in die Zukunft, und das kam Mischa urplötzlich albern vor. Er ging hin und nahm das Poster runter, rollte es einigermaßen liebevoll zusammen und steckte es in seinen Kleiderschrank. Er sah sich um. Gab's da noch was, was ihm nie aufgefallen war? Das Herzkissen vielleicht. Also wirklich. Aber das war von Rebekka, da kam man in die Hölle, wenn man so was wegschmiss. Und eines schönen Abends fiel es einem ein, dass da mal ein Herzkissen gewesen war, und wo war das hingekommen und der ganze Mist.

Er ließ das Bettzeug vom Bett verschwinden, auch in den Kleiderschrank, dann konnte da jeder ungeniert herumlümmeln. Auf seinem Schreibtisch stapelten sich Unterlagen aus der Uni, nur so zum Angeben und zum Beweis. Die Stehlampe leuchtete, das reichte vollkommen. Beim Sofa war es hell und in der Mitte des Zimmers eher düster. Zu einer funktionierenden Party gehörte schon eine düstere Zone.

Zeit für die richtige Musik. Etwas aus den Neunzigern, er drehte ordentlich auf. Bianca schlich an der Tür vorbei und sah aus, als würde sie schweben und dabei ihre Füße gar nicht bewegen. Sie lächelte zu ihm rein. Sandy lachte in der Küche so schrill, dass sie trotz der lauten Musik noch zu hören war. Und in diesem Moment, Biancas Lächeln und Sandys Kreischen noch im Raum, rief jemand: »Es klingelt!«

»Macht einfach auf!«, rief er zurück und legte ein paar CDs zurecht, damit niemand auf die Idee kam, irgendwelche Partykiller aufzulegen. Er tanzte ein bisschen vor dem CD-Player herum, bewegte seinen Unterkörper leicht vor und zurück, weil er Lust dazu hatte.

»Hallo, du Blödmann!«

Er erschrak praktisch zu Tode. Wollte ihn da jemand umbringen? Sein Herz war noch jung, aber das konnte auch mal schiefgehen.

Natascha lehnte im Türrahmen. Was gab es da zu grinsen?

»Hi«, sagte er und grinste zurück.

Was hätte er auch sonst tun sollen.

Ihre Haare waren noch ein bisschen länger geworden und total glatt, Frauen hatten da alle möglichen Geräte für so was. Jetzt hieß es: cool bleiben.

»Willst du mich ins Jenseits befördern?«, fragte er.

»Sehr gerne. Aber du machst es wohl noch eine Zeit lang.«

»Weil ich nicht zurückgerufen hab?«

Angriff war immer die beste Verteidigung.

»Weil du erst ein gewisses Telefonat mit mir geführt und dann nicht zurückgerufen hast.«

»Du meinst, gewisse Telefonate beinhalten per se eine Verpflichtung zum Zurückrufen?«

»Aha. Angst vor Verpflichtung. Gibt es da nicht ein lateinisches Wort dafür?«

Sie lachte. Eine Mischung aus Versöhnlichkeit und Boshaftigkeit. Eine üble Mischung jedenfalls. Ihre Zähne standen ein bisschen schief. Für so was gab es Zahnspangen. Ihr Mund war riesig, wenn sie lachte. Aber das Ganze war keine Enttäuschung. Sie war eine schöne Frau. Er ging zu ihr hin und gab ihr auf jede Wange ein Küsschen, schön unverbindlich bleiben, dachte er. Sie nutzte die Gelegenheit, kurz ihre Nase an seinen Hals zu halten und zu schnuppern.

»Du riechst immer so gut«, sagte sie irgendwie vorwurfsvoll.

Das dauerte ihm ein bisschen zu lange, dieses Schnüffeln an seinem Hals.

»Du auch.«

Das hätte er nicht sagen sollen. Aber hinterher ist man immer schlauer. Sie streckte ihre Zunge heraus und leckte ihm über den Hals.

Jetzt war's aber genug. Er wich zurück.

Sie drehte sich um und stapfte Richtung Küche, nicht ohne mit dem Hintern zu wackeln, links, rechts, links, rechts. Diesmal in einer dieser Hosen mit jeder Menge Taschen dran, darüber ein Streifen Haut sichtbar. Ihr T-Shirt hatte von vorne ganz harmlos ausgesehen, olivgrün, aber hinten stand in rosa Buchstaben quer über den Rücken: »Schlange«.

Na gut. Dann war das so weit klar. Für was hielt sie sich eigentlich. Sie sah aus wie eine Partisanin oder so was in ihrer Hose und in diesem T-Shirt. Fehlte bloß noch ein MG und eine Sonnenbrille. Ihm gefiel das. Tja, was sollte man machen. Er folgte ihr in die Küche, Paul kam gerade mit einem Bier aus der Loggia und umarmte Mischa wieder, als wollte er ihm die Luft abschnüren. Paul hatte einen todsicher sauteuren Pullover an, total weich und dunkelblau.

»Ich bin Paul«, sagte er zu den Leuten, die da Bier tranken und dicht an dicht herumstanden.

»Hi Paul«, rief Sandy und strahlte ihn an. »Woher kennt ihr euch denn?«

»Aus der Notaufnahme«, quatschte Natascha von der Tür aus dazwischen.

Wenn sie jetzt sagte, dass er geheult hatte, dann würde er der Schlange den Hals umdrehen.

»Mischa hat da einen Besoffenen abgeliefert, und Paul hatte sich den Arm ausgekugelt. Und wir haben Mischa mitgenommen, weil … na ja, er war in keinem guten Zustand.«

Mischa warf ihr einen Blick zu. Sie lächelte ihn zuckersüß an.

Die Party verlagerte sich ins Zimmer. Natascha setzte sich aufs Bett. Mischa fand das irgendwie unpassend, die Schlange da auf seinem Bett. Er musste sie auf jeden Fall beobachten. Aber Sandy schnappte seine Hand und zerrte ihn zu sich, er sollte tanzen, und das tat er dann auch.

Für die Frau auf seinem Bett. Für Paul, der sich bestimmt zurückhielt, wenn es darum ging, ein bisschen cool zu tun und die Beats zu nutzen.

Da hatte er sich aber getäuscht. Paul stand auf und legte los. Nicht gerade ausladend in seinen Bewegungen, aber cool, echt cool. Das war ein schöner Einstieg, er mit Paul und Sandy auf dem roten Teppich, die Musik laut, die Fenster beschlugen langsam, alles im Lot. Bis Natascha vor ihm auftauchte und anfing, vor ihm herumzutanzen. Sie hob ihre beiden Arme hoch und wackelte wieder mit dem Hintern. Sie kam immer näher. So nah, dass sie ihn dauernd berührte.

»Ich hol mir ein Bier. Wer will noch eins?«, fragte er. Ein guter Schachzug, aus dem Feld zu gehen, oder etwa nicht.

Bianca kam hinter ihm her.

»Was will die von dir? Ist das nicht ihr Mann, dieser Paul?«

»Ja. Weiß nicht, was sie will.«

»Ficken vermutlich«, hauchte Bianca, und aus ihrem Mund klang das wie »gemeinsam die Welt retten« oder wie »Blumen pflücken«.

»Und du, Bianca? Also ich kenne niemanden, mit dem du's schon gemacht hättest. Oder stehst du auf Frauen?«

»Ich?«

Sie stellte sich neben ihn, er spürte ihren zarten, weißen Arm an seinem Oberarm.

»Sorry, das geht mich nichts an«, meinte er.

»Ich hasse es nur, eine Nummer zu sein. Nummer zweiunddreißig zum Beispiel. Das ist doch keine würdige Form der Existenz. Welche Nummer wäre ich für dich, heute Abend?«

»Ich hab noch nicht gezählt. Zweistellig.«

»Siehst du? Da lege ich keinen Wert drauf.«

»Sparst du dich auf, oder was?«

»Nein. Ich spar mich nicht auf. Manchmal schlafe ich mit jemandem. Meistens ist es enttäuschend.«

»Echt?«

»Ja. Das Vorher ist schöner. Das Küssen. Und wenn man sich Sachen aus dem eigenen Leben erzählt. Man hat sie schon tausendmal erzählt, aber sie bekommen plötzlich eine neue Farbe, einen neuen Klang. Es sind ganz neue Geschichten, die man noch nicht mal wirklich erlebt hat.«

So viel hatte sie noch nie an einem Stück geredet. Oder doch? Er dachte an den niemals zu stoppenden Redefluss in der Villa, in der er aufgewachsen war. Schweigen galt dort als schlimme Krankheit oder als Vorstufe zum Tod oder so was.

»Ja, das kenne ich«, sagte er.

»Ich hab mal eine Nacht erlebt, in der wir die ganze Nacht geil waren. Aber wir haben nichts gemacht. Wir wollten gerne, aber wir haben's gelassen.«

»Warum?«

»Aus Angst.«

»Wovor?«

»Dass es banal wird. Eine Fickgeschichte eben. Jeder des anderen Nummer. Das brauche ich nicht.«

Paul kam herein, er hatte sich ganz schön verausgabt und schwitzte. Er zog den Pullover aus und legte ihn über einen Stuhl. Sein T-Shirt war nass. Darunter war sein Körper sichtbar, durchtrainiert, behaart. Bianca starrte ihn an.

Er sagte »Na?« zu ihr.

Sie schenkte ihm ihr Schnapsglas voll, hielt es ihm hin und sagte: »Mmmmh.«

Er trank sofort aus.

Wenn sie Mischa nicht vor zwei Minuten all diese Sachen gesagt hätte, er hätte schwören können, sie flirtete mit Paul. Die beiden schwirrten ab Richtung Tanzfläche, jemand hatte was Elektronisches aufgelegt und alle tobten sich dazu aus.

Mischa ging auf die Loggia, machte sich dort ein Bier auf und schaute durch die Scheiben in die Nacht. Hinterhof. Beleuchtete Fenster. Manchmal deprimierte ihn das, die ganzen Menschen in ihren Wohnungen, und er konnte sich unmöglich vorstellen, dass sie glücklich waren. Aber heute war es anders. Vielleicht hatten sie alle gefunden, was sie suchten.

Es war kalt. Er angelte durch die Tür nach Pauls Pullover und zog ihn sich über. Das war ein gutes Gefühl. Obwohl die Ärmel um seine Finger herum hingen. Zu groß das Teil. Das machte nichts. Er fühlte sich gewappnet. Er würde den Pullover den ganzen Abend tragen und ihn vielleicht nicht mehr hergeben.

»Mischa, du läufst weg vor mir. Das ist albern.«

Das war Nataschas Stimme. Sie stellte sich neben ihn in die Kälte.

»Das hab ich schon mal gehört. Kindisch. Unreif. Albern. Was wollt ihr bloß immer von mir?«

»Ich will gar nichts. Das ist alles ein Spaß«, sagte sie.

»Du willst mich rumkriegen, oder?«

»Vergiss mal nicht, dass du mich in das Treppenhaus gezogen hast, ja?«

Das war über ein Jahrhundert her. Das hatte praktisch seine Gültigkeit verloren.

»Und wer hat wen angerufen?«, fragte er.

Sein Ton war leider alles andere als abweisend. Der Alkohol machte sich bemerkbar. Seine Zunge saß lockerer. Er musste aufpassen. Wieso eigentlich. Wieso immer diese Spielchen. Sie war doch eigentlich völlig in Ordnung, diese Natascha. Nur weil sie ihn angerufen hatte, weil sie schön war, weil sie mit Paul zusammen war, weil sie Sex im Kopf hatte, das alles konnte man ihr nicht ernsthaft vorwerfen.

»Ich will dich bloß morgens nicht neben mir liegen haben, und aus dir ist eine Nummer geworden«, sagte er.

Sie machte große Augen.

»So machst du das mit den Frauen?«

»Manchmal«, antwortete er.

Sie tat das Gleiche wie in der Notaufnahme. Sie legte ihm eine Hand auf die Schulter. Ihr Mund leuchtete ihn dabei an, mit so einem zarten Lippenstift, nur ein bisschen rosa mit ein paar Glitzerteilen.

Diese ganzen Frauen, Sandy mit ihrem Lachen, Bianca mit ihrer Philosophie, und jetzt auch noch Natascha mit ihrer Hand und ihrem Mund. Hatte er denn überhaupt keine Männer eingeladen?

»Du hast also Angst, ja?«, fragte sie.

Jetzt war Schluss mit ehrlichen Auskünften. Wo war eigentlich sein Anwalt? Sollte er wieder abhauen? Zu den anderen gehen? In seiner eigenen Wohnung schon wieder die Fliege machen? Er tat was anderes. Er küsste sie.

Erst gefiel es ihm, dann wünschte er sich, er könnte aufhören, ohne dass sie es merkte und irgendwas darüber dachte. Etwas fühlte sich verkehrt an in seinem Mund.

Paul stand plötzlich neben ihnen.

Zum zweiten Mal an diesem Abend machte Mischas Herz einen Salto mit anschließendem Sprint. Wenn das so weiterging, wurde er keine 27 Jahre alt. Er fühlte sich so was von ertappt und beschissen, als hätte sein Großvater ihn dabei erwischt, wie er seiner Mutter durch den Türspalt beim Ausziehen zusah. Was er getan hatte damals. Ja, so einer war er. Und die Wölbung unter ihrer superknappen Unterhose hatte ihn erregt, bevor er gewusst hatte, was das überhaupt war, Erregung.

Er machte sich darauf gefasst, den Schlag von Paul abzuwehren. Er konnte bloß auf sein Nasenbein und seine Zähne aufpassen oder zumindest auf eins von beiden.

Aber Paul dachte nicht daran, ihm eine zu verpassen. Er stellte sich hinter Natascha, auch ziemlich eng an sie dran, sodass sie zwischen ihnen beiden eingekeilt war, was ihr aber nichts auszumachen schien. Sie lächelte nämlich entrückt.

Paul sagte: »Komm, gib ihr noch einen Kuss«, und schaute von hinten an ihr vorbei, um nachzusehen, ob Mischa das machte, was er sollte. Mischa war aber so was wie bewegungsunfähig und machte gar nichts. Beine wie Klötze. Er starrte Paul an. Dann Natascha.

»Komm, gib ihr einen Kuss, Mischa.«

Wenn das Leben einem was Verrücktes anbot, sollte man dann sagen, ach nee, lieber nicht, was Verrücktes gibt es jeden Tag, da habe ich jetzt gerade keinen Bock drauf? Oder sollte man dankbar sein, sollte man zugreifen, ohne lange zu fackeln?

Mischa kam zu dem Schluss, dass er zu jung war, um Gelegenheiten sausen zu lassen, mochten sie verrückt daherkommen oder nicht. So wie Paul vermutlich zu alt war, um sich was entgehen zu lassen.

Mischa legte seinen Mund auf ihren und beließ es erst mal dabei, schloss aber die Augen, um Pauls Gesicht nicht so dicht neben sich zu sehen. Nataschas Zunge kam herausgeschlängelt und berührte seine Lippen, als würde sie zu ihm sprechen: Komm, Süßer, mach schon auf, ich will deine Zunge da hinter deinen Lippen haben, ich will dahin, wo sie wohnt, deine Zunge. Diese Aufforderung, ohne dass irgendein Wort über ihre Lippen kam, dieses intensive Gefühl an seinem Mund, das erfasste ihn schlagartig. Die ganze Lust, die ganze Geilheit, die er aufgespart, zurückgehalten, sich verboten oder alleine mit sich abgemacht hatte, die brach sich jetzt Bahn mit einer Wucht, die ihn um ein Haar nach hinten geschleudert hätte. Nataschas Zunge, an seinen Lippen hin und her wandernd wie vor einer verschlossenen Tür, durch die sie hindurch wollte, und zwar unbedingt, erregte ihn so stark, dass er ausschnaufte wie ein Tier. Egal. Er öffnete seinen Mund, wartete nicht auf sie, sondern schickte ihr seine Zunge entgegen, sie trafen sich da, wo man alles nicht mehr genau auseinanderhalten kann. Der Song kam ihm in den Sinn: *and I don't know, where I begin and where you end*. Oder lief der drüben im Zimmer? Ach ja, sie waren auf einer Party, auf seiner Party. Jederzeit konnte hier wer weiß wer hereinspazieren, und dieser Gedanke kotzte ihn jetzt wirklich an. Er erlebte gerade was, und das ließ sich ganz gut an, wenn auch etwas ungewiss im Ausgang, und er dachte ausgerechnet daran, wer hereinkommen konnte? Wen interessierte das?

Er konzentrierte sich also wieder auf Natascha und küsste sie heftig, mit der Leidenschaft, die in ihm steckte, ungebremst von diesen ganzen Gedanken, die er sich sonst immer machte. Er hörte gar nicht mehr auf mit Küssen. Natascha ließ ihre Hüften kreisen und machte damit abwechselnd ihm und Paul eine

Freude. Natascha, die Schlange. Paul kramte von hinten unter ihrem engen T-Shirt herum und legte seine Hand auf ihren rechten Busen. Jetzt war es schon egal. Paul würde ihm schon auf die Finger hauen, wenn er zu weit ging. Mischa näherte sich einem merkwürdigen Zustand, den er sonst nur bekifft erreichte, und auch dann bloß als Abklatsch von dem, was er jetzt fühlte, ein Zustand ohne Angst. Er ging also auch unter ihr T-Shirt und umfasste ihre andere Brust, die ja noch frei war. Zum Dank presste sie sich an seinen Schwanz, dem es mittlerweile ziemlich eng wurde in den Jeans.

Dann kamen die Geräusche, die ihnen dreien deutlich machten, dass da so was wie eine Horde im Anmarsch war. Gelächter, tiefe Männerstimmen, Getrampel über den Flur.

Paul und Mischa trennten sich fast gleichzeitig von Natascha. Da kamen sie auch schon in die Küche gestürmt. Niemand schien was zu merken. Nur Biancas Lächeln war noch weniger von dieser Welt als gewöhnlich. Sie checkte so was. Es hätte ihn in dem Moment nicht gewundert, wenn sie durch Wände hätte sehen können oder einfach durch eine hindurchspaziert wäre. Alles war sowieso unwirklich. So eine Wolke aus Alkohol, Shit, Musik und irgendwelchen Stimmen hing in der Wohnung und vernebelte allen das Hirn. Schweben war was Bodenständiges gegen das, was Mischa erlebte. So unaufhörlich grinsend kannte er sich gar nicht mehr. So zuversichtlich in die Zukunft blickend. So mit diesem und mit jener schwatzend, sodass er sich wie die Sonne dieser Party fühlte oder wie ihr Feuer, um das alle herumsaßen, um sich zu wärmen.

Zuletzt hingen die Übriggebliebenen zusammen auf dem Bett ab und hörten Musik. Paul hatte todsicher an Biancas Joint genascht, bekam einen waschechten Lachkrampf und landete auf dem Boden. Seine rasierte Glatze glänzte wie ein gut polierter Wagen. Ein Porsche zum Beispiel.

Es war drei Uhr nachts.

Natascha streichelte Mischa den Nacken, was ihm gut gefiel. Er war dankbar für seine Locken. Ein absolutes Plus, wenn es darum ging, eine Frau dazu zu bringen, sich seinen Nacken vorzunehmen. Paul hatte dafür Biancas Füße auf dem Schoß liegen und massierte sie. Das ging ein bisschen zu weit, fand Mischa. Natascha auf der Habenseite zu verbuchen und dann auch noch Biancas Füße in der Hand zu halten, das fand Mischa doch übertrieben. Da ging die Gier mit Paul durch, anders konnte man das nicht sehen. Paul hätte ruhig mal leer ausgehen können, ohne tatsächlich zu verwaisen. Aber die Welt dachte gewöhnlich nicht daran, für irgendeinen Ausgleich zu sorgen, so viel stand fest.

Die letzten gingen um fünf. Mischa fing an, leere Flaschen in die Loggia zu räumen und Aschenbecher auszuleeren. Sein Kopf dröhnte nicht schlecht.

»Mischa, komm wieder her!«

»Du fehlst uns!«

Ach ja, die beiden hätte er fast vergessen. Nicht wirklich. Aber er hätte gerne noch eine Weile so getan, als wäre er allein.

Er ging zu ihnen rüber und hatte drei Bier dabei.

»Letzte Runde. Ich bin hundemüde.«

»Ohhhhh.« Natascha tat mitleidig.

Sie lagen auf seinem Bett. Paul auf dem Rücken, Natascha auf der Seite, den Kopf auf eine Hand gestützt. Ihr T-Shirt war im Liegen nach oben gerutscht und offenbarte wieder mal ihren tadellosen Bauch. Tja, da lagen sie und hielten sein Bett besetzt. Wenn Mischa nur nicht so saumäßig müde gewesen wäre.

»Komm zwischen uns, da liegen die Kleinen, zwischen Mama und Papa.« Natascha flötete wieder mal ungeniert die fiesesten Sachen, aber so, dass man es gar nicht merkte, wenn man nicht aufpasste. Paul setzte noch nach: »Komm, Kleiner!« Es war ihm todernst damit.

Ohne Paul hätte Mischa sich natürlich nicht hinreißen lassen. Aber so. Das sah ziemlich gemütlich aus da auf dem Bett.

Mischa verteilte das Bier, passte auf seins auf und machte eine Art Hechtsprung zwischen die beiden. Natascha rückte sofort an ihn ran, legte eine Hand auf seinen Bauch und ihren Kopf entspannt auf das Herzkissen, das sie sich vom Sofa geschnappt hatte. Rechts rutschte Paul ein wenig nach oben, um sich an die Wand zu lehnen, mit Mischa anzustoßen und einen Arm um seine Schulter zu legen.

Mischa rekelte sich ein bisschen. Das waren Eltern! Paul tätschelte ihm die Schulter. Natascha legte die Hand auf seinen Schwanz, der friedlich in seinem Unterhosenbettchen schlief. Damit war's jetzt natürlich vorbei. Sie ließ die Hand ruhig da liegen, als hätte sie nichts Besonderes vor oder als wäre das absolut zufällig.

»Was machst du da?«, fragte Paul.

Mischa fühlte sich gleich wieder ertappt, die Situation geriet ins Wanken, er hatte trotzdem einen Ständer, das merkte Natascha natürlich und hatte ihren Spaß dran. Ihre Hand war auch nicht mehr ganz so ruhig.

»Ich? Gar nichts«, sagte sie.

Was soll's, ich bin das Kind, dachte Mischa. Als Kind braucht man tatsächlich gar nichts zu machen. Man kann schön abwarten, was die Älteren sich einfallen lassen. Und die haben das dann auch zu verantworten. Suppe auslöffeln, das war hinterher deren Sache.

Paul sagte: »Na, Kleiner?«

»Na, Großer?«, gab er zurück. Und grinste erst mal. »Wir könnten *Space Night* gucken.«

Ein kleiner Fluchtversuch musste doch gestattet sein, verdammt noch mal.

Paul sprang sofort auf, machte den Fernseher an und schon lag er wieder neben ihnen.

Natascha küsste Paul, und zwar über Mischa hinweg, also der Kuss fand praktisch direkt vor seiner Nase statt. Währenddessen dachte sie nicht daran, ihre Hand mal wieder wegzutun oder ein bisschen ruhig zu halten. Im Gegenteil. Sie bewegte sie an seinem Schwanz entlang, und er hatte den Verdacht, dass sie das gleiche Tempo wie mit ihrer Zunge vorlegte, dass ihre Zunge und ihre Hand synchron liefen.

Er konnte ihr Haar riechen.

Er hätte sie nicht einladen sollen. Er hätte das Fest nicht feiern sollen. Er hätte einfach weitermachen sollen und nicht nachlassen dürfen. Jetzt roch er ihr Haar und spürte ihre Hand, hatte einen Steifen und außerdem Paul neben dran. Als hätte es diese ganzen Monate nicht gegeben. Als wäre alles umsonst gewesen.

Er schwitzte. Paul schwitzte auch. Natascha roch nach Natascha.

Auf einmal war es nicht mehr so schön. Nicht mehr so leicht.

Natascha hörte auf, Paul zu küssen, und drückte Mischa ihren Mund auf die Lippen. So fest, dass er ihre Zähne schmerzhaft spürte. Das war egal. Jetzt war es wieder egal. Sie sollte bloß ihren Mund da lassen, wo er war, und ihre Zunge sollte nicht aufhören und ihr Geruch nicht weggehen.

Er machte die Augen zu.

Sie legte sich auf ihn drauf, er musste an Paul denken, aber der war still, der beschwerte sich nicht. Natascha war schlank, keine Frage, aber so eine erwachsene Frau wiegt schon einiges, ihr Gewicht drückte ihn aufs Bett. Sie stützte die Ellbogen links und rechts von seinem Kopf auf, er war praktisch festgeschraubt. Wenn es nach ihm ging, konnte er da ruhig noch eine Weile eingezwängt sein. Aber das würde bestimmt nicht lange dauern. Was Schönes dauerte meistens nur ganz kurz.

Paul fing an, Natascha den Rücken zu streicheln.

Es musste toll sein, eine Frau zu sein. Die waren zu beneiden. Sie konnten sich Typen wie Paul angeln und hatten nie mehr was zu befürchten.

Natascha zappelte herum, presste sich gegen Mischas Schwanz, ihre Brüste gegen seine Brust, nur noch zwei dünne T-Shirts dazwischen.

Es gab jetzt kein Zurück mehr. Jetzt wollte er bloß noch mit ihr schlafen und zwar völlig egal, unter welchen Umständen, wie das ausging und was er danach auszubaden hatte. Er fragte sich, ob sein Schwanz funktionieren würde, da war er sich nicht sicher. Dieser einigermaßen düstere Gedanke wollte sich partout nicht mehr verziehen.

Paul mischte sich mit seiner Zunge in den Kuss ein. Das war ihm nicht zu verdenken. Seine Zunge kam Mischa viel rauer vor als Nataschas, aber das bildete er sich vielleicht bloß ein. Er hatte keine Ahnung, ob man Zungen irgendwie unterscheiden konnte. Trotzdem war er sich sicher, dass die von Natascha unverwechselbar und die von Paul rau war wie die von einer Katze.

So wurde das also ein Kuss zu dritt, und es sah ein bisschen danach aus, als würde das ein Fick zu dritt werden. Das hatte Mischa noch nicht gemacht. Man hielt sich ja gerne für erfahren und mit allen Wassern gewaschen, aber an der Stelle musste er passen. Das kannte er bloß aus Pornofilmen, und die waren bekanntlich nicht gerade aufschlussreich, wenn es drauf ankam. Wie sollte das praktisch funktionieren? Es gab nur eine Lösung. Natascha sollte ihren Spaß haben. Er würde sich ins Zeug legen und nicht allzu egoistisch vorgehen. Frauen revanchierten sich in der Regel für so was, da waren sie nicht kleinlich, im Gegenteil. Riss man sich nur ein bisschen zusammen, dann hatte man bei denen für ewig einen Stein im Brett, da konnte man machen, was man wollte. Und Natascha war offenbar scharf auf einen Dreier, also warum nicht. Wenn bloß sein Schwanz funktionierte, verdammt noch mal. Mischa war zugedröhnt und besoffen, entsprechend dünn war das Eis. Dann fiel ihm Paul wieder ein. Der würde dabei sein. Anwesend. Nackt wahrscheinlich. Das würde nichts werden. Da konnte Mischa sich bloß blamieren. Dem war er nicht gewachsen. Er drehte sich auf die Seite, sodass Natascha von ihm runterrutschte, quasi genau in Pauls Arme. Sie lag jetzt also zwischen ihnen, er konnte ihren Hintern betatschen, ihre Brüste in die Hand nehmen und musste Paul nicht unmittelbar in die Augen schauen. Natascha war eine Art Sichtschutz, der aber leider nicht zuverlässig funktionierte. Mischa hatte Paul auf einmal direkt vor sich, so nah, dass er die Wimpern hätte zählen können, und Paul nahm ihn direkt ins Visier. Nur ein paar von Nataschas Haaren dazwischen. Und in seinem Blick steckte dermaßen viel Zuneigung drin, oder war das Nachsicht oder so was, jedenfalls war die Welt sofort wieder ein Stück geordneter, ein bisschen weniger fragwürdig.

Dabei hätte Paul doch allen Grund gehabt, Natascha zu verfluchen oder zumindest den Kopf über sie zu schütteln und ihn, Mischa, zum Teufel zu jagen.

Paul strich ihm übers Haar. Die Zärtlichkeit, mit der er das tat, ließ mehr an eine Frau denken als an diesen großen Mann mit den Riesenhänden. Sie lächelten sich an, ein bisschen verlegen konnte man meinen, während sie beide die Hände an Natascha dran hatten. Sie rieb sich an Mischa und fand das alles offenbar okay, da war kein Zögern, als würde sie so was ständig erleben. Sie schnaufte wieder so, das kannte er ja schon, und das brauchte er bloß zu hören, dann war er im Grunde schon nicht mehr zu retten.

»Ich muss mal eben«, sagte sie unvermittelt. »Ihr geht nicht weg!«

»Auf keinen Fall«, meinte Paul.

»Beeil dich!«, rief Mischa ihr hinterher.

Seine Stimme klang nicht mehr nach ihm, das war eine Stimme von woandersher, wo solche Dinge ganz natürlich waren.

Sie blieb lange weg. Was machten Frauen um Himmels willen so lange auf irgendwelchen Toiletten? Paul legte sich auf den Rücken und zog Mischas Kopf an seine Schulter. Genau so lagen doch sonst die Frauen an Mischa dran, Rebekka zum Beispiel, nach dem Sex, damals, als noch alles im Lot gewesen war, so unberührt von den ganzen Schwierigkeiten, die einem immer wieder im Weg stehen, wenn es darum geht, miteinander auszukommen. So hatte sie sich also gefühlt an seiner Schulter, nicht schlecht. Was hatte sie daran nur auszusetzen gehabt.

Paul und Mischa warteten in dieser Lage brav auf Natascha und glotzten dabei in den Fernseher. L.A. vom Satelliten aus gesehen, bei Nacht, als hätte die Erde dort unterirdisch eine Lichtquelle, und das Licht würde diffus durchscheinen, weil die Erdkruste da extrem dünn war. Deswegen auch die Erdbeben. Ob die das wussten, die ganzen Verrückten, die dort wohnten? Ob man das auch aus der Nähe sehen konnte? Er würde da gerne mal hinfahren, aber noch lieber nach New York, oder doch San Francisco, jetzt packte ihn aber ein Fernweh, das war eine echte Krankheit. Hatte sich die erst mal eingeschlichen, au weia, dann dauerte es nicht mehr lange, und er setzte sich in einen Flieger. Aber er war pleite. Wie konnte er an Kohle kommen? Und wollte er wirklich weg? Jetzt?

Vom Geräusch, als die Wohnungstür leise zuschnappte, wachte er ganz kurz auf. Er war zugedeckt mit dem Bettzeug aus seinem Schrank und hatte keine Schuhe mehr an. Die hatten sich echt Mühe gegeben mit ihm. Alle Lichter waren aus.

Er döste einfach wieder ein. Mit so einem friedlichen Gefühl, das er kannte, das er aber so unwahrscheinlich lange vermisst hatte.

14. KAPITEL

NATASCHA: WOW

Warum bin ich aufs Klo gegangen? Warum habe ich gewartet? Ich wollte nur, dass sie allein sind. Eine kleine Weile. Fünf Minuten vielleicht. Ich habe mir vorgestellt, was sie tun, so zu zweit. Mir gewünscht, sie würden sich weiter küssen. Ich würde zurückkommen, und alles wäre leicht. Ich wollte nur, dass sie sich mögen. Sich in den Arm nehmen. Ohne mich. Dass sie diesen dummen Streit beilegen: Wer kriegt Natascha. Ich kenne das, seit ich denken kann. Das Förmchen zu sein, um das sie sich streiten.

Paul und Mischa streiten nicht. Schon gar nicht um mich.

Als ich zurückkomme, schläft Mischa wie ein Baby. Arglos und unschuldig. Paul sucht das Bettzeug, er zieht Mischa die Schuhe aus und deckt ihn zu. Ich sehe die Zartheit, mit der er die Decke zurechtzieht. Er ist mir fremd. Wie im Traum, fremd und seltsam. Das Raubtier, das er sein kann, hat sich in seine Höhle verkrochen und gibt Ruhe. Wir schleichen uns leise raus, gehen die Treppe runter und auf die Straße. Paul legt den Arm um mich und zieht mich an sich, um mich zu wärmen, weil die Nacht kühl ist. Er lächelt die ganze Zeit.

Zu Hause stehe ich in der Küche, nur noch ein Hemdchen an, fertig fürs Schlafengehen, und trinke aus der Wasserflasche, als Paul sich hinter mich stellt, nackt, und mich umarmt und mir einen Ständer zwischen die Beine schiebt. Die Eichel guckt vorne heraus und schaut mich an. »Na?«, sagt sie.

»Lass dich noch verführen, schönes Weib«, sagt Paul.

Und? Welches schöne Weib würde da Nein sagen? Oder schlafen gehen?

Er umfasst von hinten meine Brüste, hebt sie an, sie werden ganz leicht, kein Gewicht mehr, schwebende Brüste habe ich.

»Und?«, fragt Paul. »Hättest du weitergemacht? Mit Mischa?«

»Weiß nicht. Du?«

Paul drängt sich an mich heran, bewegt meinen Busen in seinen Händen, streicht mit den Daumen über die Brustwarzen.

»Man darf das nicht unterschätzen«, sagt er mir ins Ohr. »Man muss an das Danach denken.«

»Wirklich?«

Er beißt mich ganz leicht in die Schulter, knabbert an meinem Hemdchen herum.

»Ja, Mischa ist sensibel. Er steht noch nicht auf festen Beinen. Er wird vielleicht nicht damit fertig.«

»Würdest du denn damit fertig werden? Ich und ein anderer Mann?«

»Ja«, sagt er nur, rau und erregt.

»Und um mich machst du dir keine Sorgen?«, frage ich.

»Nein. Sollte ich?«

»Vielleicht schon.«

Dann will er loslegen und seinen Schwanz in meine Höhle schieben, aber diese Höhle ist noch trocken und sperrt sich. Ich drehe mich um. Sehe Paul in die Augen. Er lächelt mich an. Wie schön, dieses Lächeln, es gilt nur mir, es gehört mir allein, ein seltenes, scheues Tier, ein Fabelwesen, das sich nicht zeigen mag, doch jetzt steht es vor mir, inmitten der Lichtung, ich kann den

Arm ausstrecken und es berühren, bis es mich bemerkt, schon verschwindet es im Dickicht.

Ich gehe auf die Knie. Zum Dank, und weil ich es so gerne habe, Pauls Seufzen und wie er den Kopf nach hinten legt, und wie er mit den Händen in mein Haar greift, nicht grob, aber bestimmt, damit ich nicht aufhöre, nicht davonlaufe, sondern bleibe, wo ich bin, und weitermache mit dem, was ich mir vorgenommen habe.

Wie vertrauensselig sie sind in diesen Momenten. Wir wie Hündinnen, die das Empfindlichste zwischen den Zähnen halten.

Ich schiebe ihn tief in meinen Mund hinein und halte einen Moment still, ich weiß ja, wie sehr er das mag, ich kenne ihn, meinen Paul und meinen Schwanz, und Paul gibt diesen Laut von sich, den ich liebe, ein Knurren ist es, ganz tief und gefährlich.

Dann muss ich Luft holen, und Paul schlüpft aus mir heraus, zieht mich zu sich hoch und schiebt mich rüber ins Wohnzimmer, rauf aufs Sofa, er spreizt meine Beine und pustet über mein Geschlecht, eine kühle Brise, denn jetzt bin ich nass. Seine Zunge warm, dann heiß.

»Dreh dich um«, sagt er schließlich, und natürlich, ich drehe mich um, die Knie auf dem Teppich, die Brüste auf dem Sofa, und Paul stupst mit seiner Eichel gegen das hintere, das falsche, das fest verschlossene Löchlein.

Ich kreische kurz und lache und sage: »Heute nicht, Darling.«

»Schade«, sagt Darling, küsst mich auf den Rücken und langt nach etwas auf dem Tisch, ich denke, er nimmt einen Schluck aus seinem Glas, aber da ist ja gar kein Glas, er schiebt mir etwas in die Möse, und das ist nicht sein Schwanz, also was ist es, ich schaue zwischen meinen Beinen durch und sehe, was er in der Hand hält, bevor es verschwindet, es ist das Armband mit den

Holzperlen, das ich überall herumliegen lasse. Jetzt ist es weg, und ich spüre es, und dann spüre ich es noch mehr, als Paul in mich eindringt. Es erregt mich, es beflügelt mich, und es ist nicht nur, was ich da in meiner Möse spüre, sondern auch dass Paul solche Einfälle hat, dass er ein gieriges, sexuelles Wesen ist, dass es ihn scharf macht, mir das Armband hineinzuschieben und sich dazu.

Ich bin also geil, ich bin am Keuchen, mein Busen schlägt auf das Sofa, Paul klatscht mit einer Hand auf meinen Hintern, wird schneller.

Ich werde nicht kommen. Ich strenge mich an, aber dann kapituliere ich. Es geht nicht. Zu müde, zu spät, zu viel Alkohol. Als ich es weiß, halte ich still, Paul soll ruhig weitermachen, es ist angenehm, es kann ruhig noch dauern, aber Paul hält irgendwann inne, atmet tief durch, streichelt mir über den Rücken und zieht sich zurück. Er sucht nach dem Armband, zieht es ganz langsam raus.

»Wow«, sage ich.

Er lässt es vor meiner Nase pendeln und lacht.

»Pause?«, frage ich.

»Ja, Pause«, sagt er und lässt sich auf mich fallen, ein Krieger nach der Schlacht. »Fortsetzung morgen, Liebste«, sagt er.

Ja, er sagt »*Liebste*«. Ich bin glücklich. Wir beide im Sinkflug auf den Teppich, wir liegen da und halten uns im Arm. Paul nimmt mein Gesicht in beide Hände und küsst mich laut und nass auf den Mund. Ich liebe ihn.

Schließlich schaffen wir es bis ins Bett. Paul liegt die ganze Nacht an mir dran und klammert sich an mich, als wäre ich ein Stück Treibholz in einem Ozean.

15. KAPITEL

MISCHA: PRIVATEIGENTUM

Nach einer absolut gelungenen Party die Bude aufzuräumen, das konnte unter Umständen eine deprimierende Angelegenheit sein. Das konnte Wehmut, Düsternis oder Katzenjammer bedeuten. Aber Mischa hatte stattdessen eine eher vergnügliche, man konnte fast sagen ausgelassene Grundstimmung zu vermelden. Er tänzelte von der Küche ins Zimmer und zurück, vom Bad in die Loggia und so weiter und sorgte auf die Weise für TÜV-reife Zustände in seinen vier Wänden.

Er hoffte noch, Paul würde anrufen und das Training absagen, aber da kam nichts. Der wollte sich die Blöße nicht geben, der alte Haudegen. Also packte Mischa seine Sachen und machte sich auf ins Studio, alles andere als motiviert oder in Bestform.

Auf dem Cross-Trainer versuchte er, nicht besonders laut zu schnaufen oder zu keuchen oder so was, aber Paul neben ihm machte Geräusche wie eine Baumaschine und schwitzte ruckzuck sein T-Shirt klitschnass.

»War 'ne fette Party gestern, oder?«, sagte Mischa. »Eine echte Mischa-Mackenroth-Gedächtnis-Party, Mann!«

»Bis du eingeschlafen bist.«

Paul legte demonstrativ einen Zahn zu. Und hörte sich wieder so überheblich an, so von oben herab. Mischa war's egal. Sie hatten ihn zugedeckt. Sie hatten ihm die Schuhe ausgezogen. Da durfte Paul ruhig ein bisschen was raushängen lassen.

»Wir haben noch weitergefeiert«, sagte er, und okay, er triumphierte, das war nicht zu überhören, aber wie meinte der das überhaupt, weitergefeiert?

»Weitergefeiert?«

»Ja, und das war dein Verdienst, Mischa. Ich muss mich bei dir bedanken. Es würde mich nicht wundern, wenn sie an dich gedacht hat, aber das sei dir verziehen. Da bin ich großzügig.«

»Na super.«

Mischa versuchte, regelmäßig zu atmen. Er konnte jetzt kein Seitenstechen gebrauchen. Das war ihm auf jeden Fall zu viel Information. So viel wollte er gar nicht wissen. Das war deren Sache. Paul sollte sich mal im Zaum halten. Der Abstauber. Aber die Vorstellung war nicht schlecht. Natascha schob eine Nummer mit Paul und dachte an ihn, Mischa, den Kleinen, das war nicht so verkehrt, wie es sich vielleicht anhörte. Trotzdem. Er musste aufpassen. So eine gute Stimmung, die war zerbrechlich. Die war so was wie eine ganz dünne Eisschicht auf einem absolut dunklen, tiefen See mitten im Wald.

»Wenn du noch mal eine Party machst, lad uns auf jeden Fall wieder ein«, sagte Paul.

Jetzt war es so weit. Das Gefühl, leer ausgegangen zu sein, und dass die beiden, Natascha und Paul, eben Mann und Frau waren, und dass Mischa da bloß eine untergeordnete, eine bescheidene, um nicht zu sagen klägliche Rolle spielte, das setzte ihm jetzt zu, das ließ dunkle Wolken heraufziehen, und wieso überhaupt schlief Natascha mit diesem Typen, wieso feierte sie mit ihm eine extra Party, wieso hatte er, Mischa, so was nicht, eine Natascha, und warum verdammt noch mal tat Paul ihm das an, das hier auszubreiten? Die Antwort war einfach. Paul war eben mit Natascha verheiratet. Da waren manche Dinge selbstverständlich. So selbstverständlich wie das Recht auf Privateigentum in einer scheißkapitalistischen Welt. Hatte Mischa gedacht, die würden nur Händchen halten? Die würden nach elf Jahren keine Steckspiele mehr veranstalten?

»Hey, Mischa, nur kein Neid! Deine Stunde kommt auch noch. Wirst sehen.«

»Du hast leicht reden.«

»Ich war auch mal jung. Ich musste auch kämpfen. Vergiss das nicht. Frauen wie Natascha kriegst du nicht umsonst. Da darfst du nicht einschlafen, da musst du hellwach sein.«

»Ja und danke fürs Gespräch. Du hast mir gerade die Laune verdorben.«

»Dann schlage ich vor, dass du mir jetzt mal zeigst, wo der Hammer hängt, und bei dem Tempo länger durchhältst als ich.«

»Lassen wir das. Ich bin verkatert.«

»Deswegen. Das steckst du besser weg als ich. Mach mich fertig. Schau dir an, wie ich schlapp mache. Das wird dir guttun.«

»Da kannst du drauf wetten. »

»Also Klappe halten und los.«

Mischa hielt die Klappe und legte los, und er hätte schon tot vom Cross-Trainer fallen müssen, um aufzugeben. Das war kein Spaß. Das war so eine Art Wagenrennen in einem Sandalenschinken von anno dazumal. Und als Paul anhielt und sich neben sein Gerät stellte, vornübergebeugt, die Birne knallrot, ganze Bäche auf den Fußboden tropfend, da kämpfte Mischa immer noch weiter und genoss den Anblick und nahm sich außerdem fest vor, es einfach einzusehen. Es nicht zu vergessen. Nie mehr. Natascha war Pauls Frau. Vielleicht dachte sie an ihn, Mischa, wenn sie mit Paul Sex hatte. Aber das änderte überhaupt nichts. Sie war vergeben. Auf wirklich ernsthafte, standesamtliche, sexuelle und aussichtslose Art und Weise. Er sollte sich einen Zettel auf den Kühlschrank kleben und einen in seinen Geldbeutel legen und sich eine Notiz in sein Handy speichern, die jedes Mal eingeblendet wurde, wenn sie anrief: NATASCHA NICHT, NATASCHA NICHT, NATASCHA NICHT!

16. KAPITEL

NATASCHA: SCHRAUBZWINGE

Mischas Party ist zwölf Wochen und drei Tage her. Auch die Party mit Paul, hier zu Hause, ohne Gäste, zwölf Wochen und drei Tage. Paul schläft wieder für sich, auf seiner Seite des Bettes. Und ich?

Ich liege auf Mischa drauf, immer noch, immer noch fasst er mich an, immer noch sieht Paul dabei zu, immer noch küssen wir uns, wir drei. Das ist geblieben. Vielleicht, wenn Paul jeden Tag, ach Unsinn, Paul kann nicht jeden Tag so sein. Niemand kann jeden Tag so sein, ich auch nicht.

Während ich das denke, verschwimmen die Buchstaben auf meinem Bildschirm. Mir wird übel. Hinter meinem rechten Auge pocht etwas. Und daraus werden ganz schnell richtig schlimme Kopfschmerzen. Es ist also wieder mal so weit. Eine Migräne-Attacke. Ich betrachte das als weitere Strafe einer gouvernantenhaften, neidischen Göttin.

Da kann man nur die Waffen strecken, dem Chef Bescheid sagen und nach Hause gehen.

Ich kann also nichts dafür. Ich habe das nicht geplant. Ich bin unschuldig. Diesmal stimmt es. Wirklich. Auch Natascha ist manchmal ein Unschuldslamm. Und wenn nur in diesem einen, in diesem besonderen Fall, heute, ein Mittwoch, regnerisch und für die Jahreszeit zu kühl. Eine meiner Gehirnhälften befindet sich in einer Schraubzwinge, und jemand dreht immer ein Stückchen weiter. Das ist Folter, und ich soll was gestehen, aber was genau? Wüsste ich es, ich würde alles zugeben, freiwillig auf den Scheiterhaufen klettern und ein letztes Gebet sprechen. Stattdessen fahre ich nach Hause, nur ins Bett, nur die Vorhänge zu, nur das Handy aus, nur eine Tablette und eine Decke ganz oben drüber. Im Aufzug lehne ich mich an den Spiegel und wimmere. Es ist ungefähr elf Uhr vormittags. Endlich bin ich daheim, lasse Handtasche und Jacke auf den Boden fallen. Ich gehe natürlich davon aus, allein zu sein. Um diese Zeit.

Aber da ist ein Geräusch, hastig und stolpernd. Das kann mir egal sein, ich will ja nur die Schuhe loswerden, das Kostüm und die Strumpfhose. Ich will ja nur in die Küche zu dieser Tablette.

Aber dann höre ich noch etwas.

Ich rufe: »Darling? Bist du da?«

Keine Antwort.

Dann steht Darling plötzlich in der Tür zum Wohnzimmer. Halb nackt. Oben ein T-Shirt, unten gar nichts. Mit der Fernbedienung in der Hand. Ich bin verwirrt. Ich schaue an ihm vorbei ins Zimmer, um eine Erklärung dafür zu finden, dass er da ist, dass er nichts sagt, dass er unten nichts anhat. Der Fernseher ist aus, aber ich sehe am Display des DVD-Players, dass da was läuft. Da läuft irgendwas. Noch dazu schaut Paul mich an wie ein kleiner Junge, der gerade wirklich was Schlimmes angestellt hat. Dann fängt er sich aber und motzt mich an: »Kann man hier nie alleine sein?«

Ich sage »Entschuldigung«, gehe in die Küche, wo ich eigentlich hin wollte, deswegen sage ich ja, ich bin UNSCHULDIG, und es dämmert mir so langsam. Paul hatte da gerade ein Schäferstündchen, ein Tête-à-Tête, eine peinliche masturbatorische Situation mit visueller Unterstützung.

Kopfschmerzen können ein Segen sein. Sie sind stärker als jede Erkenntnis. Als jeder klare Gedanke.

Aber wenn der Schmerz nachlässt, kommt sie wieder, die Erkenntnis. Paul ist beim Sport, und alles liegt wieder ganz klar vor mir. Paul führt ein heimliches sexuelles Leben. Ohne mich. Plötzlich wird aus einer sehr wichtigen, sehr schönen Frau eine ganz unwichtige Person mit zerdetschten Haaren, mit Falten im Gesicht und mit diesen inneren Schamlippen, die sich nie ganz unter den äußeren verstecken, was wahrscheinlich unschön ist und was Pornostars operieren lassen. Die von allen Begehrte hat also Konkurrenz. Und was für eine. Unbesiegbare Amazonen sind das, eine Brust entblößt, mindestens eine, Kriegerinnen mit modernsten Waffen, immer jung, immer erregt, immer alle Öffnungen *wide open*.

Ich kann einpacken.

17. KAPITEL

MISCHA: ERWISCHT

Mischa, leg nicht auf! Leg ja nicht auf!« Jetzt hatte sie ihn also drangekriegt. Was wurde das jetzt? Wieder was am Telefon? Nein, diesmal war er klüger. Gewappnet. Nur Blödmänner fielen zweimal auf den gleichen Trick rein. Nur Idioten legten jetzt nicht auf.

»Warum sollte ich auflegen?«

»Weil du nie zurückrufst? Weil du meine Nummer siehst und nicht drangehst? Weil du nicht mit mir sprechen willst?«

Tja, sie war eben nicht eine dieser 18-Jährigen. Sie war eben anders. Sie nannte die Dinge beim Namen und ließ sich nicht so leicht was vormachen. Sie war Natascha, und er musste sich jetzt wirklich anstrengen, sich zusammenreißen, sich konzentrieren.

»Jetzt hast du sie ja unterdrückt, deine Nummer«, sagte er.

Was war das für ein Geräusch, das sie da machte? Weinte sie? Weil er nicht zurückgerufen hatte? Das konnte doch nicht wahr sein. Oder waren das nur ihre Tricks, ihre unwahrscheinlich raffinierten Manöver, die kein Mensch durchschauen konnte, nicht mal Einstein, nicht mal Keath Richards, nicht mal der Dalai Lama?

»Was ist los mit dir?«, fragte er, so im Ton reserviert, das hatte er von Paul gelernt. Schön cool bleiben.

»Ich hab schreckliche Probleme.«

Ein Schluchzen. Man konnte echt drauf reinfallen.

»Und da bin ich der Richtige? Für schreckliche Probleme?«

»Weiß nicht.«

Sie hörte sich unheimlich kleinlaut an. Bemitleidenswert. Das war vielleicht gar kein Trick.

Wäre ja zumindest möglich.

»Mensch, Natascha. Dann sag halt.«

»Nein!«

Pause.

Er fühlte sich weich werden. Und außerdem neugierig.

Es musste schon einen triftigen Grund geben, dass sie ihn anrief und ihm was vorheulte. Das war nicht unbedingt ihr Standardprogramm.

»Natascha«, setzte er an. »Mein Fest neulich, du weißt schon, wir haben doch eine gewisse Grundlage. Du kannst mir also vielleicht sagen, wo der Schuh drückt.«

Seine Stimme wie von so einem soften Typen, einem Pfarrer vielleicht, er hatte das nicht mehr im Griff. Und das Schlimmste war, sich in Echtzeit dabei zuzuhören. Live. Ohne die geringste Chance, irgendwas rauszuschneiden.

»Neulich, haha. Das war vor einhundert Jahren.«

Jetzt kamen sie der Sache also wieder näher. Ihre Stimme wie die Schneide von dem Messer, das seine Mutter ihm zu Weihnachten geschenkt hatte in der Hoffnung, er würde damit Gemüse schnippeln oder Fische mit Omega-3-Fettsäuren oder zumindest ein absolut blutiges, eisenhaltiges Steak.

»Was erwartest du denn von mir? Dann sag mir das mal.«

Das war gut. Er konnte zufrieden sein. Er bot ihr Paroli.

»Dass du mir endlich mal zuhörst!«

»Ich hör dir doch zu. Ich hör dir jetzt ganz genau zu«, sagte er und fühlte sich irgendwas mit Fell werden, mit großen Kulleraugen und mit so einem Fiepen, einfach erbärmlich.

»Das ist jetzt ernst, Mischa, das ist wirklich ernst.«

»Du erzählst es mir aber nicht.«

»Nein.«

Ihre Stimme hatte eine beängstigende hysterische Note.

»Warum unterdrückst du dann deine Nummer und rufst mich an?«

»Und warum schreist du mich an?«

»Aus Verzweiflung.« Und diese Antwort war die absolut ehrlichste, die er zur Verfügung hatte, da konnte ihm niemand einen Vorwurf machen. Das war kein Spiel hier, sie hatte recht, das war Ernst, wirklich Ernst.

»Dann frag mich mal!«, rief sie.

»Das tu ich doch die ganze Zeit!«

Jetzt reichte es ihm langsam. Diese Kommunikationsschleifen kannte er, die waren im Hause Mackenroth gang und gäbe, die beherrschten die unglaublich vielen Frauen in seiner Familie bis zur Perfektion, bis man sie anschrie oder was an die Wand warf oder sich einfach aus dem Staub machte, jedenfalls nützte nichts davon auch nur ein bisschen.

»Ich hab Paul erwischt. Er hat Pornos geschaut!«, sagte sie jetzt.

Mischa sagte lieber mal gar nichts. Schweigeminute. Ein bisschen Sprachlosigkeit musste ihm zugestanden sein, verdammt noch mal. Erwischt zu werden. Das konnte schließlich jedem passieren auf dieser Weltkugel, auf der teuflische Versuchungen en masse produziert wurden, ohne Rücksicht auf irgendwelche Gefühle von männlichen, zartbesaiteten Wesen. Erwischt zu werden. Der SUPER-GAU. Schlimmer als diese Träume, in denen man im Schlafanzug in die Schule geht oder noch einmal das Latein-Abitur schreiben muss.

Da war männliche Solidarität gefragt.

Andererseits war es für Natascha vermutlich ein Schock. Frauen waren ja nicht nur eiskalt und durchtrieben, sondern manchmal auch rührend naiv, als würde die Welt in Wahrheit von Shaun dem Schaf regiert und als wären alle Männer wie der Junge auf der Kinderschokolade. Wegen kleinster Splitter im eigenen Auge waren sie blind für die dicken Balken um sich herum. Man konnte finstere Wälder vor ihnen errichten, in denen das Böse nur so marodierte, und sie waren immer noch überzeugt, auf einer Blumenwiese zu liegen.

Natascha wartete darauf, dass er was sagte.

Er seufzte. Er war ratlos. Und wurde ausgerechnet jetzt hundemüde. Sein Hirn ein Pudding, eine Götterspeise, es wackelte hin und her.

Natascha wartete immer noch. Ihr Warten wurde langsam so laut wie ein Düsenjet.

»Aber Paul hat doch wirklich eine tolle Frau zu Hause, der braucht keine Pornos«, sagte er schließlich.

Nicht gerade brillant. Er fühlte, wie ihm eine unglaublich lange Nase wuchs. Denn das eine hatte mit dem anderen wirklich nicht das Geringste zu tun. Aber das brauchte Natascha jetzt nicht zu interessieren. Frauen waren allerdings Expertinnen, wenn es darum ging, eine lange Nase durch den Äther hindurch zu identifizieren. Das war ein echtes Problem, dass man schon höllisch gut lügen musste, wenn man sie täuschen wollte. Diese Blauäugigkeit gepaart mit Scharfsinn und Intuition, da blickte kein Mensch durch, da geriet man ruck, zuck in die tiefsten Abgründe, aus denen man nicht mehr lebend rauskam, so viel war klar.

»Ach ja? Und wieso habe ich ihn dann erwischt? In flagranti?«

Zum Glück wollte sie nicht wirklich eine Antwort hören. Mischa musste das erst mal verdauen. Nachdenken. Er war jetzt wieder hellwach.

»Ich schäme mich so«, sagte sie. Und hörte sich an wie ein kleines Mädchen, das jetzt endgültig nicht mehr ans Christkind glauben kann.

»Du brauchst dich nicht zu schämen, Natascha. Das ist Pauls Sache. Was sagt er denn dazu?«

»Gar nichts. Er schämt sich.«

»Dann seid ihr ja schon zu zweit.«

Leider klang das nicht so munter wie geplant. So würde er sie bestimmt nicht aufheitern. Sie war auch überhaupt nicht zu Scherzen aufgelegt. Sie schniefte.

»Komm einfach her, Natascha.«

Ja, das hatte er gesagt. Gerade, vor zwei Sekunden. Es entstand eine Pause, die seine Nerven gehörig strapazierte.

»Jetzt? Zu dir?«

»Ja, komm her.«

»Nein.«

»Dann nicht.«

»Doch.«

»Also gut.«

*

Wenn man etwas wirklich vergeigt hat, also so richtig in den Sand gesetzt, wenn man voll danebengelangt und eine Entscheidung getroffen hat, von der man sofort, also unmittelbar, ganz genau weiß, das war eine wirklich eklatant falsche Weichenstellung, was bleibt einem dann übrig? Zurückrudern? Ja, vielleicht wäre das eine Lösung gewesen, aber schon stand sie vor seiner Tür, schon zog er sie rein, in sein Zimmer, aufs Bett. Er hatte sich das die dreizehn Minuten lang, die sie benötigte, um bei ihm zu klingeln, Rekordzeit würde er sagen, genau überlegt. Sie brauchte Ablenkung. Sie brauchte Therapie. Sie brauchte Sex.

Erst lief ja auch alles wie geschmiert. Erst war es ja auch einfach. Erst machte er einfach alles, was jetzt notwendig war und was ihr so kleine Seufzer entlockte. Er wollte sie ausziehen, aber das dauerte ihr zu lange, sie zerrte sich die Hose runter und schwupp war auch der Pullover dran, diese Hektik hätte ihm vielleicht gefallen, dass sie es nicht erwarten konnte und so weiter, aber es war nicht Erregung oder Erwartung, es war mehr etwas, was jetzt eben sein musste und zwar möglichst schnell. Nicht dass er sonst was gegen schnelle Sachen hatte, aber wenn man sich etwas sehr lange und intensiv wünscht, dann will man das nicht in einem Affenzahn hinter sich bringen, dann will man das nicht gleich erledigt haben. Sie lag schließlich ausgebreitet vor ihm, Jeans und Pullover sonst wie verknotet auf dem Fußboden, und er hoffte noch, dass er sie bremsen konnte, dass sie ruhiger wurde, jetzt, wo es aufs Ganze ging. Er schob ihr die BH-Körbchen runter, und da sprangen sie ihm entgegen, ihre Brüste, weiß und prachtvoll, alles andere als reserviert, alles andere als bescheiden. Er mochte ja auch diese ganz kleinen Busen, mit ihrer Zurückhaltung, ihrer Schamhaftigkeit, denn Frauen mit kleinem Busen hatten meistens ein Problem damit. Es gab eine Menge fieser Sprüche über kleine Busen. Und diese Frauen waren unglaublich dankbar, wenn man sich ihren kleinen Hügelchen, die nie einen BH brauchten, mit der Aufmerksamkeit widmete, die sie nun einmal ganz besonders verdienten.

Aber das hier war was anderes. Beeindruckend. Auch ein wenig erschreckend. Erregend und beängstigend zugleich. Die Zwillinge, die pompösen Schwestern. Er schloss seine Hände um eine von ihnen, und da war diese Mitte, die sich aufgestellt hatte, um ihn herauszufordern. Er nahm sie in den Mund. Einfach tun, was zu tun war. Nicht nachdenken.

Erst funktionierte das ja auch. Natascha nahm ihre andere, die freie Brust in beide Hände und schob sie ihm hin. Er sollte sie nicht vernachlässigen, an beide denken, er sollte irgendwas, so ging es ihm die ganze Zeit, etwas zu sollen, etwas genau hier genau so zu sollen. Natascha führte ihn, er folgte ihr, als hätte sie eine Fernbedienung in der Hand oder den Kontroller von einer Spielkonsole.

Erst war das ja auch in Ordnung.

Aber dann. Dann hatte sie diese blöde Idee, dass er ja auch was davon haben sollte. SOLLTE. Das Prinzip blieb das gleiche.

Das war alles ein Mythos, dass beim Sex alles Blut, das ein Mann zur Verfügung hat, vom Gehirn in den Schwanz wandert, und dass man als Mann dann eben nicht mehr denken kann, das war alles eine Lüge, das war ausgedacht von Pornoproduzenten und von emanzenhaften Kabarettistinnen, das hatte mit der Realität in seinem Bett und mit Natascha überhaupt nichts zu tun. Im Gegenteil. Das Blut entwich seinem Penis, machte sich auf nach oben und produzierte die kompliziertesten Denkprozesse in seinem Hirn. Also da gab es auf einmal Paul, Nataschas Mann, den Mischa gern hatte, dem er nichts Böses wollte, auch nichts wegnehmen. Dann tauchte Rebekka auf, ihr »Werd erwachsen, mach eine Therapie!«. Und dann auf einmal, und damit war die Sache endgültig gelaufen, auch noch seine Mutter. Sie hielt seinen Kleinjungenpenis in der Hand. Er, der kleine Junge, fragte, wie das gehe, miteinander schlafen, und dieses Rätsel bedrückte ihn, machte ihn regelrecht verzweifelt, er war fast am Heulen, und seine Mutter, diese beherzte Frau, die ihn nicht seinem Kummer überlassen wollte, rieb seinen kleinen Penis ein bisschen, bis ein winziger Ständer daraus entstand, und sagte: »Schau, so kannst du das später auch.«

Und genau dieser Satz führte nun dazu, dass er gar nichts mehr konnte. Mischa machte also ein weiteres Mal die bittere

Erfahrung, dass bestimmte Synapsenverknüpfungen der körperlichen Liebe abträglich sind.

Hätte sich sein halb schlaffer Schwanz irgendwo befunden, in Nataschas Möse zum Beispiel, wäre es noch irgendwie gegangen. Er hätte sich zurückgezogen und wäre nach unten gerutscht und hätte sie geleckt, das konnte er, da war er sozusagen Spezialist, damit hätte er das Ganze noch retten können, aber so war es nun mal nicht. Sein Schwanz befand sich unmissverständlich in Nataschas Mund, und sie legte sich ins Zeug, und das machte sie gut, nichts auszusetzen, es hätte wunderbar sein können, es hätte das sein können, was er sich heimlich vorgestellt hatte, immer wieder, aber *hätte-wäre-könnte* spielte in dem Fall leider keine Rolle. Natascha hatte so langsam ein ganz und gar weiches Hautgebilde in ihrem Mund, das konnte ihr nicht verborgen bleiben, und wenn sie noch so lange versuchte, seine Schmach gewissermaßen durch Bemühung zu kompensieren.

In so einem Moment will man möglichst schnell in ein Auto steigen und gegen einen Betonpfeiler fahren. Oder man will sofort die Wohnung verlassen, nichts weiter als eine Kreditkarte mitnehmen und sich ein Flugticket kaufen, um zum Beispiel in Neuseeland bis zum Lebensende Schafe zu züchten oder um in einem thailändischen Kloster um vier Uhr morgens den Boden zu fegen. Aber Mischa hatte weder ein Auto noch eine Kreditkarte.

Dann Nataschas Blick. Von unten zu ihm rauf, sie kniete vor ihm, ja, sie kniete, als würde sie ihn anbeten, und ihr Blick versöhnte ihn fast, mit sich, mit der Welt, den Frauen und mit seinem Organ. Denn da steckte nicht etwa Bestürzung drin oder Mitleid oder irgendwas, das war ein fröhlicher Blick, irgendwie verschmitzt und verschwörerisch. Als würde das Ganze sie zusammenschweißen, als wäre das eine Mutprobe, die sie beide nun also bestanden hatten.

Mischa mochte sie in dem Moment. Sie wuchs ihm ans Herz. Als sie endlich sein weiches Glied freigab und sich wie selbstverständlich zu ihm legte, und als sie irgendwelches Zeug zu plappern anfing, und als sie lachte und ihm den Bauch streichelte, ziemlich lange, da wünschte er sich, sie würde immer da liegen und sie würden dieses merkwürdige Aneinanderreiben und Aneinandererregen einfach ad acta legen und ewig zusammen sein und nie allein.

Er war also am Kapitulieren. Alarmstufe Rot. Sirenen gingen los, noch und nöcher. Warnhinweise aus dem Radio. Aufgeregte Fernsehansprachen.

Natascha wuschelte ihm durch die Haare und kicherte. Sie war glücklich. Operation erfolgreich. Patient geheilt. Arzt in Lebensgefahr.

»Würdest du mit mir durchbrennen? Ich hab eine Kreditkarte«, sagte sie und lachte total überdreht und trommelte mit den Fingern auf seiner Brust herum.

Er machte gar nichts. Er sagte auch nichts. Er hielt sie nur fest im Arm und stellte sich vor, mit ihr abzuhauen, mit ihr in einem Flugzeug zu sitzen und irgendwo weit weg den Strand entlangzulaufen, wo die einzige Gefährdung, die es noch gab, eine herunterfallende Kokosnuss war, die den Strand zum Beben brachte.

»Keine Angst. War nur ein Scherz«, sagte Natascha und sah ihn wieder so an, als wäre alles klar, als hätten sie einen Pakt geschlossen, aber was für einen, verdammt noch mal. Ja, natürlich, ein Scherz. Wieso war ihm dann nicht zum Lachen zumute? Und warum liefen Tränen über seine nackte Schulter? Es waren zum Glück ihre. Seine würden noch laufen, so viel war klar. Aber nicht jetzt. Nicht heute.

Heute stand er auf und kochte Tee, den sie zur Hälfte in seinem Bett verschüttete. Sie schauten noch eine Sendung mit

Zootieren an, Erdmännchen und Kängurus und ein bösartiger, extrem hässlicher Riesenvogel, vor dem die Hühner im gleichen Gehege mächtig Respekt hatten.

»Ich muss gehen«, sagte sie schließlich.

Es passte nicht, es hätte nie gepasst, egal wann. Sie entknotete ihre Kleider und ging aufs Klo und kam gekämmt zurück.

Dann bedankte sie sich und redete etwas über unbezahlbare Freundschaft, und was er für sie getan hatte.

Dafür konnte sich kein Mensch irgendwas kaufen.

Er packte sie an der Tür noch mal, drückte sie an sich, als hätte er das letzte Mal die Chance, das zu tun, und er hörte sie die Treppe runtergehen, die Haustür aufmachen, und dann diese beschissene Tür, die ins Schloss fiel und diesen Hall im Treppenhaus hinterließ, ein Geräusch, das zweifelsohne sein Schicksal besiegelte.

Sein Bett war nicht mehr das gleiche, die Teekanne nicht, die Tasse nicht, sein T-Shirt nicht, das am Boden lag, nicht mal sein Schwanz war noch der gleiche. Er hatte schon gewusst, warum er nicht ans Telefon gegangen war, wenn er ihre Nummer auf dem Display gesehen hatte. Er hatte sein Handy ja nicht endlos klingeln lassen, um mal auszuprobieren, wie das war, oder um irgendwelchen Unsinn zu treiben oder um sich das Leben schwer zu machen.

Das hatte er sich für heute aufgehoben.

18. KAPITEL

NATASCHA: LAMMFROMM

Komm einfach her, Natascha. Einfach her. Natascha. Ein ewiges Echo in meinem Kopf. Ich möchte alles stehen und liegen lassen und diesem Echo folgen wie einer magischen Stimme in einem Fantasy-Film.

Mischa kann also wirklich nett sein. Etwas für jemanden tun, für mich, für Natascha. Ein Mann, ein Mensch. Ein Mischa-Mensch. Er weiß, was ich brauche, und gewährt es mir, komm einfach her, Natascha, und er vergibt sich nichts dabei und er erwartet nichts dafür, er ist großmütig, freigiebig, er ist ein Geschenk.

Ja, ich weiß schon. Mal ganz langsam. Nicht gleich übertreiben. Ich kenne mich. Ich vergesse leicht alles, und dann fällt es mir wieder ein, wenn es zu spät ist: Männer haben nichts zu verschenken.

Aber Mischa macht mich lammfromm. Das Böse, das dauernd in mir schlummert, es schlummert jetzt nicht mehr, es schläft tief und traumlos und ließe sich nicht wecken, selbst wenn ich wollte. Und warum sollte ich das wollen. Friedlich zu sein fühlt sich gut an.

Sein Penis lag wie ein Hundebaby in meinem Mund, verängstigt, blind und taub.

Ich werde das schon hinbekommen. Keine Sorge, Mischa. Ich bin Krankenschwester, Priesterin und Lehrerin in einer einzigen Person. Ich bin deine Mutter und deine Schwester und auch die Hure, zu der du gehen kannst, wenn du sonst nirgendwo mehr hin kannst. Natascha lässt niemanden im Stich, der um Hilfe ruft. Und dich, Mischa, schon gar nicht.

19. KAPITEL

MISCHA: ACTION

Die wollte zu viel von ihm. Frauen, die zu viel von ihm wollten, hatten ihn zu einem Idioten, Loser und Schlappschwanz gemacht. Die konnte ihm auf den AB sprechen, die konnte ihm ungefähr dreitausend SMS schreiben, die konnte auch vor seiner Tür stehen, wenn sie wollte, bitteschön. Aber er würde nicht aufmachen. Er würde auch nicht ans Telefon gehen. Nicht zurückschreiben. Das fehlte noch. Natascha war klasse, keine Frage. Aber sie wollte zu viel. Sie hatte beschlossen, sich um ihn zu kümmern. Das kannte er schon, damit hatte er Erfahrung.

Und bis jetzt war es ihm gelungen, solche Pläne zu durchkreuzen. Er hatte schließlich nicht vor, seinen Kopf irgendwem auf einem Silbertablett zu servieren. Nicht einmal Natascha, nicht einmal ihr.

Auch wenn es Momente der Schwäche gab. Der Sehnsucht. Tagträume sogar. Weitere Filme mit Zootieren. Da durfte man nicht nachgeben. Gerade dann musste man alles zusammenkratzen, was an gesundem Menschenverstand noch übrig geblieben war, und diese bestimmte Freundschaftsanfrage im Online-Portal eiskalt ablehnen. Ein Zeichen setzen.

Für ihn zählte jetzt: Fahrrad fahren, Fitnessstudio, Paul treffen, masturbieren so oft wie nötig. Das war seine Prioritätenliste. Wobei Masturbieren ungefähr auf Platz eins war.

Ab und zu ging er zwar die Mädchennamen in seinen Kontaktlisten durch, aber mehr oder weniger lustlos, mehr oder weniger resigniert. Er hatte nicht den notwendigen Antrieb und außerdem die Hoffnung aufgegeben, dass diese Namen irgendwas ändern würden oder irgendwas bewirken.

Er klickte online mal hier und mal da rein, und dabei entdeckte er schließlich einen Eintrag von Bianca. Die Frau mit der Nummern-Theorie. Die Frau, mit der er nie geschlafen hatte und aller Wahrscheinlichkeit nach auch nie schlafen würde. Es ging ihr nicht so gut. Sie hatte eine Prüfung versaut und ließ durchblicken, dass sie von irgendwas gehörig die Schnauze voll hatte. Das traf sich gut. Mischa schrieb ihr was Nettes, was Tröstliches, bei ihr konnte er sich das erlauben, einfach mal freundlich zu sein.

Bianca antwortete: Gemütlicher DVD-Abend und gegenseitiges Wundenlecken bei mir?

Mischa: Welche Wunden? Also ich habe keine, ich bin absolut intakt.

Bianca schrieb dazu nur: Ist ja gut.

Eine Einladung zum DVD-Abend war normalerweise eine eindeutige Angelegenheit, da gab es keinerlei Fragezeichen, aber Bianca war bestimmt nicht auf Sex aus. Warum also nicht. Sich mal wieder in die Nähe eines weiblichen Wesens zu begeben konnte nicht schaden. Konnte nicht verkehrt sein. Mischa hatte ja schon ewig kein Mädchen-Lachen mehr gehört oder Mädchen-Haare gerochen, so asketisch lebte er mittlerweile, so zurückgezogen und jedes Risiko meidend.

Er duschte, benutzte das teurere Rasierwasser, zog sich was Anständiges an und machte sich mit großen, eher beschwingten Schritten auf den Weg in Biancas frauenlastige WG.

Sie öffnete die Tür noch dünner und blasser, als er sie kannte, und schwebte vor ihm her in Richtung Küche.

»Willst du was essen?«, fragte sie.

»Wenn was da ist.«

In der Küche saßen schon zwei Frauen, beide mit extrem kurz rasierten Haaren.

»Lisa und Juli«, meinte Bianca. »Meine Mitbewohnerinnen. Die passen auf mich auf.«

Die sahen so aus, als würden sie das notfalls mit aller Konsequenz tun. Sie hatten enorm muskulöse Arme und zeigten sich wenig begeistert über Besuch, sagten aber: »Hi.«

»Das ist Mischa«, sagte Bianca.

Lisa oder Juli, die waren ja kaum zu unterscheiden, sagte: »Aha.«

Alle außer ihm hatten offenbar schon gegessen, da standen drei schmutzige Teller herum. Trotzdem machten Lisa und Juli überhaupt keine Anstalten, sich zu verziehen, sie machten es sich richtig bequem auf ihrem Küchensofa, tranken Bier aus Flaschen und beäugten jede seiner Bewegungen, obwohl er sich praktisch gar nicht bewegte.

Bianca schaufelte etwas auf einen Teller, das ausgesprochen gemüsig und von der Konsistenz her breiig aussah.

»Kann ich ein Bier haben?«, fragte Mischa mal ganz vorsichtig.

Juli oder Lisa stemmte mit dem Fuß den nahe gelegenen Kühlschrank auf, in dem Bierflaschen en masse gehortet wurden. Mischa holte sich eine und machte sie mit dem Feuerzeug auf, denn er hätte schwören können, hier galten Flaschenöffner als uncool. Er aß den Gemüsebrei, dessen einzige feste Bestandteile winzige Körner waren, die scheußlich schmeckten, wenn man drauf biss. Er fühlte sich sauunwohl. Überlegte fieberhaft, wie er sich möglichst schnell wieder abseilen konnte, denn den Film wollte er bestimmt nicht sehen, den Lisa oder Juli ausgesucht hatte. Er sah den Abend den Bach runtergehen. Sich zu Hause erleichtert auf sein eigenes Sofa plumpsen, um sich ungestört privatem Trübsal und fragwürdiger Sehnsucht hinzugeben, und um eventuell eine weitere Runde zu masturbieren.

Aber dann setzte Geplauder ein in der Küche. Über Biancas Prüfung und alles Mögliche andere, das den dreien irgendwie zugesetzt hatte. Es schien hier ganz normal zu sein, dass das Leben pausenlos Pannen und Schwierigkeiten und unlösbare Aufgaben mit sich brachte. Zum Beispiel war das neue Tattoo von Lisa oder Juli nichts geworden, und zum Beweis stand sie auf und schob ihre Hose ein Stück runter, sodass sie alle eine Art Katze auf ihrer linken, beeindruckend unzarten Pobacke begutachten konnten. Das hatte aber gar keine Katze werden sollen, sondern eine bestimmte Göttin, von Juli und Lisa aus rätselhaften Gründen gleichermaßen verehrt, und die trug jetzt so was wie Schnurrbarthaare im Gesicht und eine Kopfbedeckung, die in der Form da auch nicht hingehörte. Es bestand also Korrekturbedarf, so viel verstand Mischa.

»Aber dem FETTARSCH MIT ZWEI LINKEN HÄNDEN halte ich nicht noch mal meinen Hintern hin, da könnt ihr drauf wetten«, rief die Tätowierte, und die andere meinte: »Wenigstens ist das absolut einmalig. Ein Unikat, verstehst du?«

Diese Arschbacke mit Katze brachte die drei Frauen dermaßen zum Lachen, sie wieherten regelrecht, und er, Mischa, der Kerl in der Runde, konnte sich dem gar nicht entziehen und grinste schon ein bisschen. Juli oder Lisa setzte dann noch einen drauf und schleppte eine Bewerbungsmappe an, die sie gerade zurückgeschickt bekommen hatte. Zwischen dem Lebenslauf und dem letzten Zeugnis hatten sich ein paar Krümel festgesetzt, pappten da halb, halb bröselten sie noch herum und verbreiteten einen intensiven, süßlichen Geruch. Jemand hatte sich da einen Joint gedreht und so gierig reingezogen, dass die Aufräumarbeiten nicht mehr geordnet hatten stattfinden können. Der handgeschriebene Kommentar auf der Rückseite des Lebenslaufes lautete: »Vielleicht bringen Sie erst einmal Ihr Leben in Ordnung, dann reiche ich Ihre interessante Bewerbung gerne weiter, Gruß, Brunner, Sekretärin Personalabteilung.«

Wieder Gelächter und Gegacker, auf die Schenkel klopfen, eine Bierflasche umschmeißen und solche Sachen. Mischa fühlte sich gar nicht mehr so unwohl. Er ließ sich einfach anstecken. Man war sich hier absolut einig darüber, dass es praktisch ein Wunder war, nicht jeden Tag zu verzweifeln. Es war fast so, als gehörte er dazu. Auch wenn Lisa und Juli inzwischen unverhohlen demonstrierten, dass sie keine rein platonische Beziehung zueinander pflegten. Und das hatte nichts, wirklich gar nichts mit dem zu tun, was er aus Lesbenpornos kannte. Das hatte eher was mit ziemlich vulgären Komplimenten zu tun, mit Grapschereien und nicht zuletzt mit männerverächtlichen Äußerungen, die keine Rücksicht auf seine Anwesenheit erkennen ließen.

Trotzdem, Mischa war froh, in dieser Küche zu sein, froh, dass es hier offenbar nicht darauf ankam, was herzumachen als Mann, bestimmte Erwartungen zu erfüllen. Denn sollte es hier Erwartungen geben, waren sie ganz unten angesiedelt, da konnte man also sämtliche Anstrengungen bleiben lassen und sich entspannen.

»Komm, wir gehen in mein Zimmer«, sagte Bianca irgendwann, als der ganze Tisch mit Bierflaschen voll stand und der Vorrat im Kühlschrank beträchtlich geschrumpft war.

Mischas Stuhl polterte, als er aufstand.

Lisa oder Juli rülpste.

Bianca ging vor ihm her in einem seltsamen, ausgesprochen farbenfrohen Kleid, das aus etlichen Tüchern zu bestehen schien und das nichts, wirklich gar nichts über ihren Körper verriet, außer dass er eben wahnsinnig dünn war. Sie war schön, egal was sie anzog, sie war rätselhaft und eindeutig anziehend. Was wurde das jetzt? Wollte sie ihn doch noch verführen? Endete doch alles wieder genau da, in einem Desaster, in einer Enttäuschung, in einer kirre machenden Verwicklung?

Sie öffnete ihre Zimmertür und lud ihn mit einer bedeutungsvollen Geste ein, hereinzukommen, als wäre es ein Privileg, diese Gemächer zu betreten. Oder sie war einfach stolz, ihm ihr Reich zu zeigen, denn dazu hatte sie allen Grund, es war ein außergewöhnliches, extrem farbenfrohes, extrem tücherbehangenes Reich mit Tausenden von Kissen und Teppichen und Lämpchen überall. Erstaunlich, dass so viele Sachen in ein mittelgroßes Zimmer passten.

Sie standen sich nun in dieser Üppigkeit von Kram gegenüber, Bianca blass, wangenknochig, mit riesigen Augen, er ein wenig ratlos, ein wenig verlegen. Dann lächelte sie. Ein Lächeln, von dem er nicht wusste, was es zu bedeuten hatte, irgendwas Gutes, dachte er. Er nahm ihre Hand. Der Flügel eines kleinen Vogels fühlte sich wahrscheinlich nicht viel anders an. Er streichelte sie mit dem Daumen, nur ganz leicht. Sie sah ihn jetzt direkt an und blieb einfach stehen, ganz ruhig, die Ruhe in Person sozusagen.

»Dir ist wahrscheinlich nach Action zumute«, sagte sie, ohne ihre Hand wegzuziehen.

Er wusste nicht, ob sich das auf die Sache mit den DVDs bezog oder auf was anderes. Sie war undurchschaubar. Er trat einen Schritt näher an sie ran, sehr nah, so nah, dass ihr Mund nur noch Millimeter von seinem entfernt war.

»Oder was hast du jetzt vor, Mischa?«, fragte sie. Leise.

Er legte seinen Mund an ihren, bewegte sich ansonsten nicht, nur zwei Münder, zwei Luftströme aus zwei Nasen, und Biancas

Augen, unglaublich nah, das waren nur noch verschwommene, glasige Gebilde, diese Augen.

»Und du?«, fragte er, seine Lippen an ihren.

Alles war irgendwie in Ordnung in diesem Moment, weil es nirgendwohin führte, weil keine Absicht dahinter steckte, kein wirklich heftiges Verlangen.

Als er sie küsste, öffnete sie ihren Mund. Er spürte ihre Zunge. Das war keiner von den leidenschaftlichen Küssen, das war etwas sehr Langsames, etwas sehr Genaues mit Feuchtigkeit dazwischen. Bianca zog dabei ihre Hand aus seiner und schob ihn zu den unwahrscheinlich vielen Decken, unter denen wohl ihr Bett zu finden war. Das war kein Herumknutschen, das war nicht zielstrebig, das war einfach nur ein Küssen. Es dauerte lange. Mischa vergaß fast, weswegen man so was machte, küssen, was man gewöhnlich damit bezweckte. Aber dann war es wieder da, und er versuchte, eine Hand durch die Stoffmengen ihres Kleides zu schieben hin zu ihren Brüsten. Sie rückte nicht von ihm ab und schob seine Hand nicht weg, aber sie flüsterte ihm direkt in sein Ohr, sodass das Flüstern wahnsinnig laut war: »Lassen wir das. Eine Nummer schieben. Du weißt, was ich meine.«

Erleichterung. Frieden. Sie hatte recht. Sie konnten das lassen und trotzdem zusammen sein und nicht allein.

Er sagte: »Okay.«

Und von da an waren sie sich einfach nah, weich war alles und warm, er spürte Biancas Knochen und die so dünne Haut darüber, ohne diese ganze Angst, dass er es wieder nicht brachte. Bianca drückte sich eng an ihn dran. Er hatte eine Erektion, aber mehr so nebenbei, und sie atmete erregt, aber auch nur nebenbei, sie fassten sich an, und dabei erzählte sie ihm dann noch von der Sache mit ihren Eltern und ihrer riesigen Enttäuschung deswegen und von ihrem miesen Kontostand, und er erzählte ihr von Natascha und von Paul, und davon, dass er nicht mal gekonnt hatte, und warum ihn jetzt diese Sendungen mit Zootieren nicht mehr losließen, und dass das sowieso eine vollkommen aussichtslose Geschichte war, schon weil Paul sein Freund war und Natascha Pauls Frau, aber auch weil er keine Sekunde fähig war, sich zu entspannen, wenn er mit Natascha in einem Raum war, weil sie so unheimlich viel von ihm wollte.

Dann sagte Mischa: »Puh.«

Bianca lächelte ihn an, mit einer Hand in seinen Haaren, und sagte auch: »Puh.«

Sie zogen sich gegenseitig die Kleider aus, langsam, Mischa fühlte sich wie auf Forschungsreise, da ist man an allem interessiert, da hält man sich bei Kleinigkeiten auf, bei Biancas Narbe am Schienbein oder bei Mischas dunklem Fleck auf dem Rücken, eine Verfärbung der Haut in Form der Insel Sylt, wie Bianca meinte. Mischa berührte ihre Brüste, winzige, weiche Erhebungen unter seiner Hand mit einer festen Mitte, und sie streichelte zart seine Erektion, ohne fester hinzulangen, ohne schneller zu werden.

»Und? Noch ein Film?«, fragte Bianca irgendwann, etwa um vier Uhr nachts. Bald würde es dämmern. Mischa war schwindlig. Zu viel Schnaufen, zu viel Erregung, zu viel Zurückhaltung. Aber das machte nichts.

Sie einigten sich auf *Gilbert Grape* mit Johnny Depp und dem ganz jungen DiCaprio, kriegten aber das Ende nicht mehr mit, weil zuerst Bianca einschlief, und Mischa auch nur noch halb wach war, eingewickelt in Decken und Tücher und auf ungefähr eintausend weichen Kissen liegend wie zwei ganz besonders anspruchsvolle Katzen.

20. KAPITEL

NATASCHA: SCHARFE JUNGS

Ich will ja nur diese CD hören. Mehr nicht, nur die Killers hören, Mischas Lieblings-CD. Ich will die Musik hören und dabei an ihn denken. Aber sie liegt nicht beim CD-Player und nicht auf meinem Schreibtisch und nicht in der Schublade. Die Killers sind wie vom Erdboden verschluckt. Ich suche die ganze Wohnung ab, ich krame in den unmöglichsten Ecken herum, fast sehe ich im Kühlschrank nach. Nichts.

Ich kann das nicht hinnehmen. Ich steigere mich hinein. Das wird zur Besessenheit. Alles hängt plötzlich davon ab. Ob das Schicksal mir gewogen ist oder nicht. Ich will doch nur Mischas Musik hören. Ist das etwa zu viel verlangt. Dieser allerkleinste Wunsch. Nachdem er wieder nichts von sich hören lässt und ich wieder nicht dabei bin, wenn sie sich treffen. Ich fange an zu fluchen. Hier hat sich was gegen mich verschworen. Dann bin ich den Tränen nah.

Aber keine CD weit und breit.

Paul muss sie genommen haben. Ich fange an, seine Regale zu durchforsten, jede Schublade, jedes noch so kleine Fach. Ich bin mir irgendwann sicher, Paul versteckt sie vor mir, er hat sie mir weggenommen, weil er mir nichts gönnt, nicht die harmloseste

Freude. Ich finde einen ganzen Stapel Rohlinge, dazwischen gebrannte und beschriftete CDs, lauter klassische Musik, aber nicht das, was ich suche, das macht mich völlig verrückt. Und kurz vor dem Aufgeben finde ich zwar nicht die Killers, aber was anderes.

Ich will das gleich wieder zurücklegen. Ich will ja. Gar nicht genau hinschauen. Aber das sind so ganz bestimmte Hefte.

Meine Hirntätigkeit verlangsamt sich. Akuter Alzheimer. Ich vergesse alles, aber dann ist es auch sofort wieder da. Mit diesem Hin und Her dauert es ewig, bis ich endgültig kapiere, was ich da in den Händen halte.

Pornos. Nicht irgendwelche Pornos. Pornos mit Männern. Nichts als Männer genau genommen. Schwänze, Männerärsche, Typen eben, und keine einzige FRAU. Außerdem stehen vorne Titel drauf wie *Scharfe Jungs knallhart genommen*. In Pauls Geheimversteck liegen also nicht die Killers, sondern Schwulenpornos.

Das geht mich ja eigentlich nichts an. Das ist Pauls Privatangelegenheit. Er bewahrt die wahrscheinlich für jemanden auf. Für wen? Und warum um Himmels willen?

Ich stecke die Magazine wieder unter die anderen Sachen, mache die Schublade zu und gehe in die Küche, um mir einen Campari mit Orangensaft zu mixen.

Wo ist nur diese verdammte CD? Und wo ist Mischa, wenn man ihn braucht? Und überhaupt, wo ist Paul schon wieder?

Ich mache mich nützlich. Spüle einen Topf ab, stecke Wäsche in die Waschmaschine, solche Sachen.

Aber das funktioniert nicht.

Ich starre durch das runde Fenster in die Waschmaschine, da dreht sich alles, und in meinem Kopf dreht sich auch alles. Das wird dauern, bis ich die scharfen Jungs vergesse, ich darf das nicht unterschätzen. Aber vielleicht macht das gar keinen

Sinn, das zu vergessen, vielleicht bin ich viel zu gespannt, was Paul eigentlich dazu zu sagen hat.

Jetzt denke ich also an Paul. Was ist bloß los mit ihm? Ich laufe durch die Wohnung wie durch eine psychiatrische Station, kann nicht still sitzen und rauche ungefähr so viel wie Helmut Schmidt in seinem ganzen bewegten Leben.

Paul hintergeht mich. So neu ist das nicht. Aber mit scharfen Jungs? Ist das zu glauben? Hallo? Ist das wieder eine Strafe? Ja klar. Ich bekomme die Quittung. Schlimme Frauen kriegen immer irgendwann die Quittung.

Ich muss mich trotzdem wieder beruhigen. Mich nicht unterkriegen lassen. Ich muss wieder in die Spur kommen, nachdenken, das ätzende Gefühl im Bauch loswerden und mich entspannen.

Paul ist ein Fremder, ein Rätsel, der reinste Irrgarten. Ich muss irgendwas tun, sonst werde ich mich zu etwas hinreißen lassen. Schließlich hat Paul keine Ahnung. Noch kann ich einfach dichthalten. Ich brauche nichts zu sagen. Ich kann das vergessen.

Ich packe meine Handtasche, Handy, Geldbeutel, Lippenstift, Autoschlüssel und so weiter und renne aus der Wohnung, die mir auf einmal vorkommt wie ein Raubtiergehege, und zufällig ist die Tür jetzt offen.

Ich weiß nicht wohin, schlage aber wie ferngesteuert eine ganz bestimmte Richtung ein. Ich kenne den Weg. Bin ich ihn nicht dauernd abgefahren, im Wahn? Aber jetzt ist es was anderes. Jetzt hat es diesen Nachmittag gegeben und Mischa wird aufmachen. Ich brauche Trost. Das ist ein Ausnahmezustand, praktisch wie im Krieg. Da gelten andere Gesetze. Er muss jetzt für mich da sein oder mich in die Klapsmühle bringen, eins von beidem.

Ich läute fünfmal. Es tut sich nichts. Ist Mischa ein eiskalter Typ? Einer, der über Leichen geht?

Ich muss in diesen Hauseingang und drücke irgendeine Klingel, und schon summt es, und ich bin drin. Ich stürme regelrecht nach oben. Wenn er mich durch den Türspion in Augenschein nimmt, wird er den Ernst der Lage erkennen, schließlich sehe ich total verheult aus. Er muss einfach aufmachen.

Aber nichts, kein Mucks.

Das ist zu viel. Er lässt mich hier draußen stehen, obwohl das ein Notfall ist, ein echter Notfall!

Ich gerate aus der Fassung. Ich fange an zu schreien.

»Mischa, mach auf, es ist was passiert. Mischa!«

Nichts.

»Mischa! Das ist ein Notfall, hörst du? Du musst aufmachen!«

Vielleicht hört er Musik und bekommt gar nichts mit.

Ich brülle also richtig los.

»Mischa, du Vollidiot! Mach auf!«

Ich sacke zusammen, setze mich auf den Fußabtreter und trommele mit letzter Kraft gegen seine Wohnungstür.

Es ist demütigend. Der absolute Tiefpunkt.

»Sie sollten sich nicht so gehen lassen, junge Frau. *So* machen Sie sich bestimmt nicht interessant.«

Ich fahre herum. Da steht eine alte Frau in der Wohnungstür gegenüber.

»Aber er macht nicht auf«, sage ich matt.

»Er ist ja auch nicht da. Vorhin weggegangen. Ich habe ihn unten getroffen.«

»Wirklich?«

Meine Arme hängen kraftlos herunter. Ich fühle mich bereit zu sterben.

»Männer mögen das nicht, wenn Frauen hysterisch werden. Glauben Sie mir. Ich bin hundertzwei Jahre alt.«

»So alt?«, sage ich und sehe zu ihr hoch. Sie hat mehr Falten im Gesicht, als man sich überhaupt vorstellen kann.

»Dann haben Sie ja einiges hinter sich.«

»Ja. Drei Ehen.«

Ich schüttele den Kopf. Meine erste Ehe hängt am seidenen Faden. Ich war zu naiv, zu vertrauensselig. Das rächt sich jetzt.

Von Mischa ist kein Trost zu erwarten. Ich habe gegen seine Tür getrommelt. Ich bin nicht mehr ich selbst.

Mein Handy geht los. Der SMS-Alarm. Mischa. Das muss Mischa sein.

SCHAUE MIR BEI MISCHA NOCH DAS SPIEL AN BIS SPÄTER PAUL

Das Länderspiel. Deutschland–Liechtenstein. Das interessiert Paul so viel wie Billardturniere im Fernsehen nachts um zwei. Außerdem bin ICH hier bei Mischa, und Mischa ist nicht da.

Paul lügt wie gedruckt.

»Ich muss los«, sage ich, stehe auf und sammele mich, so gut es geht.

»Können Sie mir vorher einen Gefallen tun?«, fragt die alte Frau. »Mir ist da nämlich was passiert.«

Sie nimmt mich mit in ihre Wohnung. Die Fernbedienung ist ihr hinter die Couch gefallen, eine schwere Couch, die sie aus eigener Kraft nicht nach vorne ziehen kann. Ich zerre das Sofa ein Stück vor und angele nach der Fernbedienung.

»Ist es sehr schmutzig da hinten?«, fragt die Frau.

»Nein, es geht. Nur ein paar Wollmäuse.«

Als ich wieder hochkomme und ihr die Fernbedienung überreiche, nimmt sie kurz meine Hand.

»Vielen Dank. Seit zwei Wochen sehe ich nur diesen Sender aus dem Osten. Ich kann Ihnen sagen … Und was machen Sie jetzt? Auf Herrn Mackenroth warten? Sie könnten hier bei mir eine Tasse Tee trinken.«

Sie ist nett. Sie ist diese andere Welt, in der alles in Ordnung ist. Sie hat zwei Wochen den Sender aus dem Osten sehen müssen. Aber ich werde nicht auf Herrn Mackenroth warten. Ich habe an seine Tür getrommelt, das reicht fürs Erste.

»Nein danke, ich muss gehen. Ich muss meinem Mann hinterherspionieren.«

Sie nickt. Das scheint ein vernünftiger Plan zu sein. Schließlich kennt sie sich aus. Sie ist hundertzwei Jahre und drei Ehen alt.

Ich muss Paul vor dem Amt auflauern. Beweise sammeln. Vielleicht habe ich Glück und er ist noch nicht unterwegs.

Ich sitze also in meinem Auto vor dem Amt und ähnle dabei dieser neurotischen Kommissarin aus dem *Tatort*. Aber ich bin überzeugt davon, dass ihr nie so übel mitgespielt wurde wie mir. Ich habe auch keinen Becher Kaffee.

Paul taucht nicht auf.

Ich fahre nach Hause und finde dabei die CD in der Seitenablage von meiner Fahrertür.

Ich höre sie in voller Lautstärke.

Es ist nichts passiert. Gar nichts.

Zu Hause mixe ich mir noch einen Campari mit Orangensaft und höre die CD noch einmal und denke an Mischa und an die alte Dame und daran, dass funktionierende Ehen wahrscheinlich Opfer erfordern.

Als Paul nach Hause kommt, frage ich nach dem Spiel, und er sagt: »Nicht der Rede wert.«

Genau. Das ist alles nicht der Rede wert.

21. KAPITEL

MISCHA: OHNE SEX

Bianca und er hatten eine verdammt schöne Zeit miteinander. Wie Brüderchen und Schwesterchen. Das sah so aus, dass sie oft bei ihm im Bett herumlag und fernsah, während er am Schreibtisch saß und Strafrecht lernte und eine Hausarbeit schrieb. Bianca hatte einen speziellen Zeitplan entlang sämtlicher Serien und Telenovelas, das war im Grunde unerschöpflich, niemand brauchte etwas anderes zu tun, als Serien zu gucken, da war man bestens versorgt, zu jeder Uhrzeit. Und diese Fernsehsucht war nicht Biancas einziges Problem. Sie war mit Abstand vorne dran, wenn es um Probleme ging. Wie die Kifferei zum Beispiel. Ihr Alkoholkonsum lag auch nicht im Normbereich. Nichts an ihr lag irgendwie im Normbereich. Ihn störte das nicht. Zum ersten Mal in seinem Leben fühlte er sich neben einer problematischen Frau nicht für die Lösung der Probleme und das persönliche Glück der Betreffenden verantwortlich. Sie sandte auch nicht diese heimlichen Signale aus. Sie machte ihm keine Hoffnung, dass es da etwas wie Erlösung für sie geben könnte, und man musste nur drauf kommen, man musste nur alles richtig machen, man musste tatsächlich gar nichts. Bianca wollte überhaupt nichts von ihm. Vielleicht lag es auch daran, dass sie sexuell dermaßen desinteressiert war. Vielleicht brachte einen ohnehin nur der Sex und alles, was damit zusammenhing, zum Heulen. Mischa fing an zu glauben, dass ein Leben ohne Sex einfach nur ein Leben ohne diese Verwicklungen war, ohne diese Erwartungen aneinander, die aber nie ausgesprochen wurden, immer sollte man sich gegenseitig was erfüllen, obwohl alle keine Ahnung hatten, was, ja was sie wirklich voneinander wollten.

Manchmal hingen sie auch in Biancas WG herum mit Lisa und Juli, die er immer besser voneinander unterscheiden konnte und die inzwischen davon ausgingen, dass sie Bianca mit ihm allein lassen konnten. Sie hielten ihn für verklemmt und verkappt schwul und für absolut neurotisch, aber auch für harmlos. Sie kriegten nur ein Mal die Krise, als er mit einer Tüte vom Chinesen daherkam, in der Leichenteile inhaftierter Hühner in einer glutamatlastigen Soße beerdigt lagen. Er brachte danach nie wieder Fleisch mit, was die drei Frauen mit einem Lächeln quittierten, das ungefähr aussagte, dass sich der tägliche Kampf manchmal eben doch lohnte.

Das störte ihn alles nicht, auch nicht Biancas seltsame Angewohnheiten und ihre Depressionen und wenn sie mal weinte. Er war bloß der Typ am Schreibtisch. Biancas Hintern war flach, ihre Brüste klein, ihre Haut zart, ihre Nase spitz und lang, ihr Haar seidenweich, ihre Augen immer etwas wässrig, er kannte sie irgendwann in- und auswendig, aber er war nicht scharf auf sie.

Auf die Weise lieferte er eine Spitzenhausarbeit ab und schrieb die beste Klausur des Semesters, sodass sein Prof. auf ihn aufmerksam wurde und ihm eine Hiwi-Stelle in seinem Lehrstuhl anbot. So war das Fahrradfahren endgültig passé, er arbeitete zwei ganze Tage in der Uni und kam damit gut über die Runden, zusammen mit den paar Kröten, die seine Mutter ihm immer noch überwies, wahrscheinlich wegen irgendwelcher Schuldgefühle.

Es sah im Moment ganz so aus, als könnte er ein erfolgreicher Anwalt werden, die Prognose gefiel ihm, tolles Auto, massenweise Boss-Anzüge und so weiter, ja, und dann war es möglicherweise unerheblich, dass sein Schwanz nicht mehr funktionierte. Masturbation war eine feine Sache, aber einen Ständer kriegen, ihn auch behalten, um ihn einer schönen Frau in die Muschi zu stecken, das konnte er wahrscheinlich abhaken, und es war nicht einmal mehr so wahnsinnig wichtig. Aber dann rief Bianca an und fragte, ob er ins Café Regina kommen könnte, sie müsse ihm was sagen. Er sagte »ja klar«, aber er wunderte sich. Er bekam Angst. »Die will was von dir«, hatte Paul gesagt. War es jetzt so weit? Warum im Café Regina und nicht in der WG-Küche oder bei ihm auf dem Sofa? Warum nicht nachts, wenn sie beieinander lagen?

Sie druckste dann mordsmäßig herum. Die Situation war angespannt. Die Bedienung brachte eine Currywurst, die sich fett und aufreizend in ihrem Soßenbett spreizte. Bianca rümpfte angewidert die Nase, sparte sich aber jeden Kommentar und setzte zu einer längeren Vorrede an von wegen sie habe ihn so furchtbar gern und sei so dankbar und was nicht noch alles.

Dann sagte sie: »So ein Leben, Mischa, wie wir es führen, so ganz ohne Miteinanderschlafen, das ist doch eigentlich seltsam, oder?«

Seltsam? Wieso seltsam? Er kriegte so ein Gefühl, genau jetzt das Café Regina verlassen und für immer abtauchen zu müssen. »Also das heißt …«, meinte sie und machte eine Pause.

»Was heißt das, Bianca? Was soll das heißen?«

Er merkte, dass er sich ein klein wenig ungehalten anhörte, und das tat ihm sofort leid.

»Das heißt, ich werde demnächst vielleicht eine Beziehung haben.«

Mischa hörte auf zu kauen.

»Also ehrlich gesagt nicht nur vielleicht«, sagte sie.

Er guckte sie an. Eine Beziehung? Mit wem? Und warum, verdammt noch mal? Er blickte nicht durch.

»Ja, und diese Beziehung, also diese Person, um die es da geht ...«

Sie legte es darauf an, ihn auf die Folter zu spannen.

»Jetzt komm mal auf den Punkt, Bianca. Was für eine Person?«

»Na ja. Du bist der Erste, dem ich das sage, weißt du. Weil du mein Freund bist. Eine Vertrauensperson.«

Das wurde immer besorgniserregender.

»Also sie heißt Anja.«

Mischa legte das Besteck weg und überließ die Wurst sich selbst. Er trank von seiner Bio-Limonade. Bianca ließ ihn nicht aus den Augen. Sie hatte sich gehörig mit was Luft gemacht und war offenbar gespannt wie ein Flitzebogen, was er dazu sagen würde und ob sie jetzt unten durch war oder so was.

»Diese Person, mit der du nicht nur vielleicht eine Beziehung haben wirst, ist eine Frau?«, fragte er.

»Ja, eine Frau.«

Sie nestelte an dem Tuch herum, das um ihren Hals geschlungen war, und nahm einen homöopathischen Schluck Ingwertee.

»Hm«, sagte Mischa.

»Und, hasst du mich jetzt?«

»Na ja. Ein bisschen vielleicht.«

»Echt?«

»Du wirst wohl nicht mehr so viel bei mir abhängen, oder?«

Sie guckten beide auf die Reste der Currywurst, als wäre genau da des Rätsels Lösung zu finden, eine Antwort, ein Hinweis zumindest.

»Nein, nicht mehr so oft«, sagte Bianca.

Sie flehte ihn regelrecht an mit ihrem Blick. Sie brauchte Absolution. Jetzt. Und es wäre verrückt gewesen, kalt und grausam, ihr das vorzuenthalten. Warum auch. Das Einzige, was Mischa wirklich akut quälte, war ein unbändiger, ausgesprochen schmerzhafter und irgendwie auch trauriger Neid.

Er legte eine Hand auf Biancas Wange und küsste sie auf den Mund. Mit aller Zärtlichkeit, die er in sich trug, und mit all der seltsamen Liebe, die ihn mit ihr verband.

Sie verstand das, wie sie ja immer alles verstand, und lächelte.

Und es war vielleicht der intimste Moment, den sie je miteinander hatten, und es hatte eine Menge intimer Momente gegeben. Er wusste, wann diese Frau ihre Tage hatte, wann sie zum Frauenarzt ging und wann sie so viel THC konsumiert hatte, dass sie wie eine gefallene Elfe neben ihm lag und ohrenbetäubend schnarchte.

»Tja, dann sind wir wohl eine Lesbe und ein impotenter Hetero«, sagte er.

Sie sah ihn an wie eine besorgte große Schwester. »Mischa, du kannst auch nicht ewig davor weglaufen. Immer nur ich und Paul und die Uni. Du brauchst auch noch was anderes. Irgendwann musst du dir das eingestehen.«

Er hielt ihre Hand und dachte daran, dass sie nachts wohl nicht mehr neben ihm liegen würde, und daran, dass Paul dieses eine Mal nicht recht behalten hatte, und dann sagte er: »Ich weiß.«

22. KAPITEL

NATASCHA: MÄNNERFANTASIE

Etwas nicht zu wissen, was man eigentlich weiß, kostet Kraft. Es laugt mich aus. Ich fühle mich schwach. Ich funktioniere wie ein Hamster, der in seinem dummen Rad weiterrennt und dabei noch denkt, irgendwas Wichtiges, Dringendes zu erledigen. Ich bin deprimiert. Ich langweile mich. Ich wünsche mir, dass was passiert.

Und dann geht mein Wunsch in Erfüllung. Es passiert was. Mischa sitzt im Café Regina, in das ich ständig gehe, weil ich denke, er könnte vielleicht da sein. Ich sehe ihn nur von hinten, aber ich weiß gleich, dass er es ist. Seine Boxershorts schauen aus seiner Jeans raus, alles an ihm ist wie immer ein bisschen verknittert. Graues Sweatshirt. Schwarze Haare, kürzer geschnitten. Nicht, dass er mir nicht mehr gefällt. Nicht dass er nicht mehr der hübscheste Junge ist, den ich jemals gesehen habe.

Aber er ist mit diesem blassen Mädchen von der Party da, das immer so leise geredet und das Paul so gut gefallen hat. Was ist bloß dran an der. Dünn, blass, leise. Mischa und sie stecken die Köpfe zusammen. So vertraut, so ernst. Sie haben sich was zu sagen. Und Mischa hält kurz seinen Handrücken an ihre Wange und bewegt ihn ganz leicht hin und her. Nichts anderes als ein

Streicheln ist das. Dann gibt er ihr einen Kuss auf den Mund, nur ein Hauch von einem Kuss ist das.

Ich möchte losheulen. Wie in einem Comic, wenn Tränen nicht über das Gesicht laufen, sondern aus den Augen herausspritzen. Wie ein Kind, das sich das Knie aufschlägt, kurz auf den Schmerz wartet und dann anfängt zu schreien.

Das ist nicht nur Eifersucht. Das ist viel mehr. Ich schäme mich. Für all diese Wochen, Monate, für alle Gedanken und alle Träume, die Sehnsucht, die wilde Entschlossenheit. Meine Einsamkeit breitet sich aus wie Wasser. Meine Hände schmerzen. Ein uraltes, hässliches Gefühl. Ausgeschlossen zu sein von allem Glück. Ich werde steinalt, eine alte Frau. Und ganz klein, ein kleines Kind. Ich habe Ferien und lungere im Wohnzimmer meiner Eltern herum, es ist Abend, sie trinken Wein. Und Nataschas neuer Vater sagt: »Das Kind ist lästig in diesen langen Ferien. Es soll mal in sein Zimmer verschwinden und lesen.«

Das Kind verschwindet in sein Zimmer. Es legt sich hin, starrt an die Decke und will in dieser Familie von *Unsere kleine Farm* leben oder gar nicht mehr.

Ich mache kehrt im Regina und gehe nach draußen und will mich als kleinste Maus im allerkleinsten Loch verstecken. Aber ich stehe in einem Fußballstadion, und die Menschen sind gekommen, meine Schmach zu sehen, meine Niederlage, meine Dummheit, meinen Sturz, und sie jubeln und toben und sind glücklich darüber, dass es mir passiert ist und nicht ihnen. Bianca heißt sie. Ich erinnere mich, wie sie sich mir vorgestellt hat in Mischas Küche. Ihre Hand fühlte sich an wie die Flosse von einem Fisch. Im Café trug sie ihr blondes Haar offen, es war wie durchscheinend, ein Schleier, als wäre sie schon seine Braut.

Ich brauche Heilung. Medizin. Es ist mir egal, wie sie schmeckt.

Paul reicht nicht aus, diesen Abgrund aufzufüllen, der sich in mir aufgetan hat. Im Gegenteil. Er weigert sich, mir zu helfen. Wenn er Bescheid wüsste, würde er noch weniger für mich tun, weniger als gar nichts. Man darf ihn auf keinen Fall brauchen. Ihn zu brauchen heißt, ihn zu quälen.

Ich brauche Paul nicht. Ich weiß, wie es vorbeigeht. Ich schüttele mich wie ein nasser Hund. Und gehe schon wieder aufrechter, trage die Nase schon wieder etwas höher. Ich werde mich erholen, das hinter mich bringen, Mischa rückt schon in den Hintergrund, schon wird sein Gesicht ein wenig undeutlich, und der Zug, in dem er sitzt, fährt gerade an. Ich werde ihn vergessen. Nicht ganz. Ich vergesse niemanden ganz. Aber fast. Damit das endlich aufhört. Ich muss diesen tiefen Zorn in mir binden, sodass ich weitermachen kann, ohne jemanden zu töten.

Alle dürfen überleben, ich auch.

*

So etwas kann nur Sex heilen.

Man begegnet sich, man weiß, was los ist, was man will und wozu das gut sein soll. Das ist nicht schwierig und nicht viel. Keine Fragen, keine Ungewissheit. Kein: Wird man begehrt? Kein: Und was dann? Kein: Wie wird es ausgehen? Geht man heim wie ein Hund? Oder wie eine Königin? Eine Löwin? Oder eine Maus?

Manches ist sogar schön.

Als L. mir in der Bar ins Ohr flüstert: »Ich will mit dir schlafen.« L. ist der Erste. Ganz klassisch, der Barkeeper. Ein professioneller Abschlepper, einer, der es gewohnt ist, nicht allein nach Hause zu gehen. Denn ich beginne gerne einfach und steigere mich dann. L. sieht ein bisschen verkommen aus. So nach Drogenkonsum und Nachtarbeit. Sein Ernährungszustand ist schlecht. Und für das alles und für seinen Job ist er eigentlich zu alt. Also insgesamt genau richtig. Hätte er nicht ausgerechnet dunkle Augen. Zu viel Mischa. Fast scheidet er aus, nur deswegen.

Aber ich bin nicht zum Vergnügen unterwegs, der Abend ist fortgeschritten, und ich kann Paul nicht jeden Tag irgendein Märchen erzählen. Also steige ich in L.'s altes, unaufgeräumtes Auto, obwohl ich das nicht tun sollte, aus Sicherheitsgründen, aber L. stellt sich als vollkommen ungefährlich heraus. Sein Lächeln bleibt professionell und hübsch. Hübsch wie *attraktiv*. Nicht hübsch wie *Mischa*. Ich stelle mir einfach vor, er habe ein Geheimnis. Er sei ein ganz anderer als der, den er darstellt. Denn das sind wir schließlich alle.

Er leckt mich. Und das ist kein Höflichkeitslecken, das man sich schenken kann, auch kein Lecken, um sich als versierter Liebhaber aufzuspielen, davor sollte man Reißaus nehmen, nein, das ist echtes, vergnügtes Lecken mit einem geduldig wartenden Ständer, der mich immer wieder am Bein berührt. L. leckt mich lange. Das ist schön. Er bekommt dafür, dass ich mich nicht zurückhalte, obwohl ich an Mischa denke, das muss ich zugeben, Mischas Mund, Mischas Zunge, sie fühlt sich riesig an. Auch meine Möse wird groß und größer davon, als würde zwischen meinen Beinen nun mein gesamtes Ich klaffen, da ist kein Haus mehr, sondern nur noch ein Eingang, ein weit geöffnetes Tor, ein Portal, ein Triumphbogen. Und dann schiebt L. seine Hände nach oben, ohne mich unten im Stich zu lassen, seine Zunge noch immer an mir dran, und oben nimmt er meine beiden Brustwarzen zwischen Daumen und Zeigefinger und hält sie einfach fest. Ziemlich fest. Kurz vor Wehtun fest. Seine Konzentration bleibt dabei aber bei seiner Zunge, da braucht er sie ja auch, und ich spüre an meinen Brüsten unglaublich gleichzeitig und unglaublich intensiv sein Festhalten. In diesem Moment liebe ich ihn. Mischa. Ein Dreieck entsteht zwischen meinen Brüsten und meinem Geschlecht, ein magisches, genau richtiges, absolut exaktes Dreieck, ich komme sofort und schreie dabei. Und L. will jetzt unbedingt und sofort und ist nur noch drauf aus, mich zu ficken und abzuspritzen. So kann er mich haben, so kriegt er mich. Ich sehe mir sein Gesicht an. Sein Profi-Lächeln ist dem gierigen Ernst der Lust gewichen, die Lippen zusammengepresst, die Augen geschlossen, Hingabe in ihrer schlichtesten, makellosesten Form. Ich stöhne für ihn und wackele mit dem Arsch, als er hinter mir ist, und ich fasse an ihn dran und spüre schließlich sein Pulsieren, dieses einzigartige, ungeheuer kraftvolle Pumpen, so flüchtig, so vergänglich, so schnell vorbei.

L. lässt sich neben mir wie in Zeitlupe fallen. Sinkt langsam nieder. Es dauert noch ein paar Sekunden, bis er die Augen öffnet, dann sieht er mich an und lächelt. Und sagt nur: »Natascha.« Meinen Namen. Das ist schön.

Er will mich wiedersehen. Vielleicht nur aus Höflichkeit. Ich speichere seine Nummer in mein Handy, genauso höflich, und gebe ihm einen Kuss und überlege kurz, die Nummer aufzuheben, für schlechte Zeiten, aber noch im Taxi drücke ich auf das endgültige KONTAKT LÖSCHEN.

Im Alphabet kommt L schon immer und leider vor M. Deshalb sehe ich jetzt Mischas Nummer auf dem Display. Mit Foto. Ich habe es in München beim Essen aufgenommen, und nun schaut er mich an, Mischa, der das alles zu verantworten hat. Mit dem Foto fühle ich meinen Puls. Es ist schon ein bisschen weniger schlimm. Immer noch wahnsinnig schlimm, aber nicht mehr selbstzerfleischend, zum Haareausreißen und Zungeabbeißen schlimm.

Als ich nach Hause komme, ist die Wohnung dunkel. Ich dusche lange und heiß, bis ich knallrosa bin. Ich putze Zähne. Verwische die Spuren an mir. Hege den heimlichen Wunsch, Paul würde ihnen nachschnuppern, sich nicht täuschen lassen, empört sein, Ausreden nicht gelten lassen, würde Angst haben und traurig werden, wütend, was auch immer.

Aber Paul schläft einfach weiter. Greift dann im Schlaf nach mir und zieht mich zu sich hin und drückt mich an sich, wir liegen Löffelchen, und ich weine ein paar nutzlose Tränen, weil Paul da ist und nicht weggeht und weil Mischa nicht da ist und weil ein wenig Leiden ja sein muss, ein wenig Zerknirschung und ein wenig Reue. Nur ein paar Tränen, kein Laut, kein Schluchzen, so schlimm ist es auch wieder nicht, und um Paul nicht zu wecken (um Paul nicht misstrauisch zu machen).

*

Es folgt J. Ein Kollege aus der IT-Abteilung. Stufe zwei nimmt planmäßig an Komplexität zu, der Schwierigkeitsgrad steigt, das Risiko wird höher. Das Projekt läuft wie geschmiert. Als J. merkt, dass ich ihn auf dem Gang jedes Mal zu lange anschaue und dass ich den Bleistiftrock mit den hohen Schuhen und die schwarze, strenge Brille viel häufiger trage als sonst, fängt er an, mir übers Intranet zu schreiben. Zuerst so Sachen wie »Schon den Linseneintopf probiert? Grauenhaft!« oder »Die Klimaanlage schafft mal wieder ihr Pensum nicht. Mir ist so was von HEIß!«

Ich schreibe ihm Kommentare zurück à la »Um die Ecke gibt's Eis. Ich empfehle Pistazie«, denn im Kollegenkreis ist ein bisschen Vorsicht geboten, der Button AN ALLE ist schnell mal angeklickt. Und dann ziehe ich auch noch die Strumpfhose mit der Naht an.

J. braucht nicht lange, um die Sache zu forcieren: »Ich frage mich, ob die Männerfantasie von Abteilung C5, die mit der scharfen Brille, mit mir eine rauchen geht.«

»Die steckt bis zum Hals in Arbeit, und sie raucht nicht. Das ist so eine Asketische. Veganerin wahrscheinlich.«

»Solche Schuhe können nicht lügen. Leder!«

Ich lasse mir Zeit mit der Antwort. Wir sind hier nicht in einer Bar.

»Wie sieht es mit Alkohol aus?« schreibt er.

»Nie.«

»Bei Georgio? Um 18.00 Uhr?«

»Achtzehn Uhr sieben.«

»Männerfantasie Kategorie tonangebend. Hätte ich mir denken können. Ich werde da sein.«

»Sag ihr schöne Grüße. Sie übertreibt es mit den Nahtstrumpfhosen.«

»Bin der gleichen Meinung. Werde aber den Mund halten, um sie nicht zu verletzen.«

Dann sitzen wir bei Giorgio. Auf winzigen Barhockern an einem winzigen Tisch mit Fenster zur Fußgängerzone. J. hat bereits zwei Custoza bestellt und schiebt mir einen rüber. Dann werden mehrere Panini gebracht und ich vom Italo-Kellner italienisch cool angezwinkert.

J. ist nervös. Das wäre ich auch an seiner Stelle, denn Mitarbeiter der IT-Abteilung tun sich in der Regel schwer in gepflegter Konversation, die auch auf etwas hinauslaufen soll.

»Frau Neuhofer, Sie sehen entzückend aus. Um nicht zu sagen entrückend.«

Er hat vorgebaut und einen sitzen.

Die Bar ist gestopft voll mit Feierabendtrinkern, die sich ihr Los mit diversen Weinen, alle gut, erleichtern. Ich schließe mich ihnen an. J. sieht aus der Nähe und ohne Krawatte und mit seinen kleinen Augen, die Einschlafprobleme verraten, interessanter aus als auf dem Gang im Büro, jungenhaft, und dass diese Augen einfach nur grau sind, ist auch ein Plus. Er ist angeturnt, und ich fühle mich tatsächlich entrückend. Und denke an Mischa. Daran, dass er blind wie ein Maulwurf ist und unempfänglich wie ein Mönch und außerdem ein Idiot, ein richtiger Einfaltspinsel. Ich denke an seinen schlaffen Penis in meinem Mund, und plötzlich ist das keine Mission mehr, kein Auftrag, sondern einfach nur noch eine Beleidigung.

Entsprechend zufrieden, Stufe zwei absolut im Soll, strahle ich J. an, der sich ermutigt fühlt, die Hand, mit der ich mein Weinglas halte, mit einem beringten Finger zu berühren.

Ziehen im Unterleib. Hirn im Modus UPDATE WIRD VORBEREITET.

Und da kommt es mir: beringt? Er ist verheiratet? Das interessiert mich. Ich deute auf seinen Ringfinger mit Ring und schaue total streng. Er zuckt mit den Schultern nach dem Motto, tja, das Leben ist hart, aber ungerecht.

Wenigstens ist er kein Heuchler.

Ich zeige ihm meinen Ringfinger mit Ring.

Wir sehen uns an und legen bekümmert eine Schweigeminute für unsere Lieben ein, wir gedenken ihrer, um sie dann nach Strich und Faden zu betrügen, um uns also wenig später unten am Fluss in der Nähe einer Trauerweide, nach sorgfältigem Umsehen, heftig abzuknutschen und zu besprechen, wann und wo wir uns in privater Atmosphäre wiedersehen könnten. Hotel Ibis, ob das sein Ernst sei. Ich schlage das Grandhotel vor. Er meint: »Wir wollen doch nicht arm werden, sondern glücklich, Madame.«

Es wird also das Motel One. Abgebrüht. Ekelhaft vorausschauend. Berechnend wie Serienmörder. Und absolut scharf aufeinander.

Im Motel One nimmt ein paar Tage später alles seinen gewollten Lauf. Wir beide wissen, wie man das macht. J. ist ein bisschen langsamer als ich. Ich will nichts Langsames. Das Langsame gehört Mischa, er ist der Mann für die Zeitlupe, der Smooth Operator, der sich aufhält und der stehen bleibt und nicht weitergeht und der deswegen immer da ist und nie verschwindet. Es war ein Fehler, bei Mischa den Schleudergang einzuschalten. Das wird mir mit J. klar. Eine schnelle Nummer mit Mischa, das ist, als würde man ein kompliziertes Sterne-Menü im Fastfoodrestaurant haben wollen, in Pappe verpackt und ohne Besteck, und die Soße läuft das Kinn herunter, und dann ist das gar nichts mehr, kein Burger und keine Pommes, aber auch kein Entrecote, es bleibt nichts übrig außer einem verzweifelten Mann und einer hungrigen Frau, die nicht satt werden darf. Es ist jetzt so deutlich mit J. an meiner Seite, also nichts wie weg mit der Deutlichkeit, keine Gespräche, keine Komplimente mehr, es ist mir jetzt alles egal, J. steht vor mir, nackt, wie ich ihn haben will, erregt und bereit. Sein Schwanz ist ungewöhnlich groß. Er weiß das, lässt mich eine Weile nur hinsehen, und so ein richtig großer, vollgepumpter, aufrechter Schwanz ist tatsächlich einfach nur toll anzuschauen und sorgt für alle möglichen Fantasien, von unendlicher Geilheit zum Beispiel oder vom Durchbohrtwerden.

Aber im realen Vollzug, beim Vögeln, ist das nicht so praktisch. J. kennt das anscheinend schon und bemüht sich, etwas verhaltener zu stoßen, als ihm wahrscheinlich zumute ist, um mir nicht wehzutun oder um zu verhindern, dass ich immer mal wieder mit dem ganzen Körper einen Zentimeter vor seinem Organ flüchte, was mich allmählich mit dem Kopf an die Wand stoßen lässt. Eine Vagina ist eben keine endlose Höhle, die sich unbegrenzt nach Erfüllung sehnt, sondern am Ende des Gangs liegen enervierte Zonen, die nicht wahnsinnig wild auf Beteiligung am Geschehen sind. Türen, die etwas gegen Rammböcke haben. Reflex: zurückzucken. Ergebnis: Kopf an der Wand. Also wieder runterrutschen.

Das Ganze gestaltet sich schwierig.

J. und ich kichern, um die Kurve zu kriegen, aber das hört sich mit der Zeit ein wenig hysterisch und auch verzweifelt an. Ich klettere also auf ihn drauf, jetzt habe ich das Ruder in der Hand, Männerfantasie Kategorie tonangebend. Aber das wird zum Balanceakt, zur sportlichen Übung und wieder nicht zur herzerweichenden Vögelei.

Na ja, irgendwie klappt es dann.

Ich bin danach völlig ausgepowert. Und gut gelaunt, trotzdem, weil J. einen Sekt mitgebracht hat und ihn mit einem klassischen Knall öffnet. Jetzt muss es nicht mehr schnell gehen. Jetzt albern wir herum und haben uns gern, und das ist einfach nett, als säßen wir in der Kantine zusammen und würden uns den Klatsch aus der Firma erzählen oder was die Kinder so machen oder wie man die Maulwürfe im Garten wieder loswerden kann.

Das macht Stufe zwei dann doch zu einer runden Sache. Auch wenn das nächtliche Auschecken bei einer uniformierten Rezeptionistin, sei sie auch noch so desinteressiert und nichtssagend höflich, nicht wiederholt werden muss.

23. KAPITEL

MISCHA: BESESSENE

»Wir müssen uns um sie kümmern.« Paul ließ sich von dem Thema gar nicht mehr abbringen. Sie machten sich gerade in der von-Abenberg'schen Wohnung über den Wein her, den sie entlang der Mainschleife erbeutet hatten. Paul hatte geschworen, dass Natascha nachts nicht nach Hause kommen würde.

»Du musst drüber hinwegkommen, was zwischen euch war, und mir als Freund in schweren Zeiten zur Seite stehen. Ist das klar so weit?«

Paul zog wirklich alle Register.

»Was kann ich schon beisteuern? Was denn, Paul? Gerade ich? Du hast mich gewarnt, schon vergessen?«

Paul schwor zum x-ten Mal, dass er schon auf Mischa aufpassen würde, er solle sich keine Sorgen machen, weil er unter seiner, Paul von Abenbergs, Obhut stehe, und machte weitere pathetische, wenn's drauf ankam aber vielleicht hinfällige und leere Versprechungen. Oder sollte Mischa sich tatsächlich auf Paul verlassen? Ihn machen lassen, ihm das Kommando übergeben, um Natascha von ihrem Trip runterzuholen, wie Paul das nannte, um sie sozusagen von einem Fluch zu erlösen, wo sie doch offenbar verhext worden war?

»Sie hockt ganze Nächte vor dem PC. Hackt in die Tasten. Sie bestellt Klamotten, noch und nöcher, wir werden demnächst neue Schränke brauchen, und dann zieht sie ständig mit Freundinnen durch die Gegend, die nicht gut für sie sind, hörst du? Die saugen ihr das Leben aus der Seele. Sie wird immer dünner. Und dann hat sie so einen Glanz in den Augen, wie eine Verrückte, wie eine Besessene. Willst du allen Ernstes, dass ich sie zu einem Arzt schleife? Gegen ihren Willen, der nicht mehr ihr eigener ist, sie hat keinen eigenen Willen mehr!«

Paul schenkte Wein nach, wobei der größere Teil allerdings auf dem Tisch landete und sich dort in Lachen ausbreitete, aber das war ihm anscheinend gleichgültig, er wischte nur kurz mit dem Ärmel drüber. Mischa fragte sich, wer hier der Besessene war.

»Ich will nur, dass wir uns mal mit ihr treffen. Ganz harmlos. Ganz unverfänglich. Und du gibst ein Urteil ab, ob meine Sorgen berechtigt sind. Ob es dir auch komisch vorkommt, wie sie so daherredet.«

Harmlos. Unverfänglich. Je mehr Paul da erzählte, desto sicherer war sich Mischa, dass unter diesen Umständen alles in Wirklichkeit das Gegenteil bedeutete. Sich mit Natascha treffen. Das war so harmlos wie einen Stein hochzuheben, unter dem eine Klapperschlange sitzt, und dann barfuß und mit bloßen Händen ein bisschen herumzufuchteln.

»Was meinst du damit? Wie redet sie denn so daher?«, fragte er. Erst mal keine Stellung beziehen, das war jetzt seine Strategie.

»Sie sagt kein einziges Wort mehr, das nicht ironisch gemeint ist. Dann ist sie wieder anhänglich und handzahm wie ein Kind, dann wieder aufbrausend, dass du denkst, sie wird irgendwann im Affekt ein schweres Verbrechen begehen.«

Paul hatte keine Ahnung. Wie es war, ständig diese Nummer wegzudrücken. Sämtliche SMS zu ignorieren, die flehenden, die dermaßen heißen, die extrem wütenden, die süßlichen und auch die scheinbar nebensächlichen. Paul hatte nicht den blassesten Schimmer, was es Mischa gekostet hatte, welchen Preis er bezahlt hatte, bis Natascha endlich Ruhe gab, sich nicht mehr meldete und sich mehr oder weniger tot stellte. Das war kein Pappenstiel gewesen, das bekam man bei ihr nicht umsonst, man musste einen eisernen Willen haben und Nerven wie Drahtseile.

Und da war noch etwas. Ein diffuses Gefühl im misstrauischen Teil von Mischas Nervenkostüm. Eine Art Nebel. Etwas verbarg sich darin. Denn was Paul da so erzählte, das passte doch ganz prima zu der Natascha, die sie beide kannten. Das war doch nichts Neues. Oder hatte sie je für stabile Stimmungen, für irgendeine Form von Ausgeglichenheit oder etwa für Berechenbarkeit gestanden? Das war doch ganz einfach Natascha, nicht mehr und nicht weniger. Was wollte Paul also? Führte er was im Schilde? Und war es nicht erbärmlich von ihm, Paul tatsächlich zu misstrauen? Dieses eine Mal trat Paul an Mischa mit einer Bitte heran, dieses eine Mal konnte er endlich etwas tun für Paul, seinen Freund, dieses eine Mal hätte er, Mischa Mackenroth, etwas zu geben, eine Kleinigkeit, harmlos, unverfänglich.

»Hast du sie mal gefragt? Was mit ihr los ist?«, fragte er, nur um Zeit zu gewinnen.

»Klar hab ich sie gefragt. Erstens Schulterzucken. Zweitens ein Lächeln, da gefriert dir das Blut in den Adern. Dann einer ihrer Sprüche. Es wäre schön, so einen aufmerksamen, besorgten Ehemann zu haben, aber mit ihr sei alles in Ordnung. Verstehst du jetzt, was ich meine?«

Mischa musste grinsen. Natascha, Natascha, dachte er und dann an ihren Blick zu ihm hoch, das Verschmitzte, das Verschwörerische darin.

Er durfte sich da auf keinen Fall hineinziehen lassen. Sein Gefühl in den Lenden war noch immer und seit Bianca mit dieser

Anja jede Menge Nummern schob wieder viel zu gut, wenn er an diesen Blick dachte und an alles andere und an Nataschas messerscharfe Zunge und an die kostbaren Momente, wenn sie die Waffen ablegte. Da gab es diese nicht tot zu kriegende Bereitschaft in ihm, sich auf einen schmalen Grat zu begeben, der ins Nirgendwo führte.

Es ging also nicht anders. Paul ließ ihm keine Wahl. Die Karten mussten auf den Tisch. Das war die ultimativ letzte Chance, alles hing davon ab. Nur die bittere Wahrheit konnte Paul noch davon abbringen, seine verrückte Idee ewig weiterzuverfolgen. Aber diese Wahrheit war für Paul eventuell schwer zu verkraften.

»Ich muss dir, glaube ich, was sagen«, fing Mischa an.

»Nein, das musst du nicht«, sagte Paul und hatte diesen Ton drauf, da konnte man Angst bekommen.

Es folgte eine Schweigeminute, in der Natascha da war, anwesend, als säße sie zwischen ihnen und würde gerade ansetzen, um ihnen beiden die Leviten zu lesen.

»Natascha war mal bei mir«, sagte Mischa.

»Interessiert mich nicht.« Das war Pauls Art zu sagen: Ende der Diskussion.

Aber Mischa setzte nach: »Braucht es auch nicht. Ich hab nämlich nicht gekonnt.« Als wäre das eine Entschuldigung oder würde irgendwas besser machen.

Paul zog die Augenbrauen hoch, so gekünstelt, so übertrieben überrascht, und er grinste. Dann lachte er richtig laut.

»Du hast nicht gekonnt? Warum nicht um Himmels willen?«

Haha, sehr witzig, dachte Mischa und sagte: »Wegen allem.«

»Ach so.« Paul wieder ernst. Er gab sich zumindest Mühe. Aber ein ganz leichtes, kaum merkliches Schmunzeln verriet ihn. »Kann passieren«, sagte er jetzt. »Wie hat sie es aufgefasst?«

Mischa starrte auf den verschmierten Tisch und auf den roten Teppich darunter. Er wusste nicht, ob er sich schämen sollte, weil er Paul betrogen, hintergangen und verraten hatte, oder weil er keinen hochgekriegt hatte, bei dieser Frau, mit der todsicher niemand sonst irgendein Problem damit hatte, einen hochzukriegen. Aber dass es Zeit war, sich in Grund und Boden zu schämen, das wusste Mischa, das war so glasklar wie die Flüssigkeit in der Wodkaflasche, die etwas abseits, quasi auf der Ersatzbank, geduldig auf ihren Einsatz wartete.

»Keine Ahnung. Sie war nicht schockiert oder so was. Sie hatte kein Problem damit. Also überhaupt keins, wenn du verstehst, was ich meine.«

»Du meinst, sie hatte verdächtig kein Problem damit?«

»Ja, genau. Es war irgendwie verdächtig. Als würde sie sich was vornehmen, mich zu retten oder zu heilen oder so was in der Art.«

Paul rieb sich über die Glatze. »Au weia. Dann hast du ein Problem, Kleiner. Sie kann sich da in was festbeißen.«

Paul sprach nur aus, was er, Mischa, sich sowieso schon dauernd zusammengereimt hatte. Einer der Gründe, weswegen er sich umso konsequenter von Natascha ferngehalten hatte.

»Trotzdem, Mischa. Wenn dir Natascha nicht egal ist, umso besser. Das ändert nichts daran, dass du mir beistehen musst. Dass ich deinen Rat, deine Hilfe brauche. Und ich möchte jetzt nicht zur Sprache bringen, dass ich sogar ein gewisses Anrecht darauf habe. Dass du sogar in meiner Schuld stehst. Davon fange ich gar nicht erst an.«

Mischa fühlte sich wie verhaftet. Er kam aus dieser Nummer nicht mehr raus, das hatte er jetzt sozusagen mit Brief und Siegel. Er hatte sich sogar eigenhändig den Fluchtweg versperrt und war sich dabei auch noch clever vorgekommen.

Er sagte nur: »Ich muss drüber nachdenken.«

Ein schwacher Versuch.

Paul packte Mischas Handgelenk und starrte ihm in die Augen, mehrere Sekunden oder auch Minuten lang. »Denk nicht zu lange nach. Und lass mich nicht hängen. Ich verlange nicht zu viel.«

Etwas tief unten in Mischas Seele lachte jetzt höhnisch. Aber dann war das gar nicht mehr so höhnisch, das wurde eher so was wie vergnügt, um nicht zu sagen regelrecht glücklich. Er würde Natascha wiedersehen. Und hatte mal wieder nicht das Heft in der Hand. Im Gegenteil. Er konnte seine Hände in Unschuld waschen. Und eine durchaus beängstigende Vorfreude in sich aufkeimen und Wurzeln schlagen und Blüten treiben fühlen. Sumpfblüten waren das, die sich in wabernden, finsteren Gewässern am wohlsten fühlen, die über Kilometer hinweg einen schwindelerregenden Geruch verbreiten und ihr Gift unter leuchtenden, absolut intensiven Farbschichten verbergen.

*

Am nächsten Morgen wachte er in voller Montur auf dem von-Abenberg'schen Sofa auf und hatte das Gefühl, jemand hätte ihm meuchelmörderisch mit einem Hammer auf den Kopf geschlagen. Der Wodka war am Ende der Partie eingewechselt worden und hatte ein überzeugendes Spiel gemacht.

Die Wohnung war noch still, und das war Mischas Chance, hier fürs Erste lebend und ohne Natascha zu begegnen rauszukommen. Aber trotz des Brummschädels und trotz des Restalkohols und trotz aufs Minimale beschränkter Denkfunktionen war er sich wieder einmal sicher: hier geriet irgendwas ins Laufen, was nicht gut für ihn ausgehen konnte.

24. KAPITEL

NATASCHA: UNANGEFASST

Als ich die Wohnungstür aufschließe, kleinlaut, zerknirscht, kommt mir kalter Rauch entgegen. Der Esstisch sieht aus, als hätten Kleinkinder Geburtstag gefeiert. Mit einer Flasche Wodka, sie ist halb leer. Guter Wodka, Paul hat was springen lassen. Der Aschenbecher voll mit No-Name-Zigarettenkippen spricht Bände. Mischa war da.

Sie hätten wenigstens lüften können, die Herren Mackenroth/von Abenberg. Sie nutzen meine Abwesenheit eiskalt für ein Gelage zu zweit. Sollen sie doch. Ich kann mich schließlich auch nicht beklagen. Ich hatte auch meinen Spaß. Ich bin nicht neidisch, überhaupt nicht.

Aber dann mache ich einen Schwenk ins Wohnzimmer, ich weiß auch nicht warum, und da liegt er: Mischa. Auf dem Rücken, ein Arm über dem Kopf, der andere hängt über den Sofarand. Ein Bein angewinkelt. Er schläft.

Mein anderes, zynisches, böses Ich geht schon mal ins Bett und lässt mich im Türrahmen stehen. Lässt mich allein mit ihm, Mischa, ich lehne mich an, mein Herz wird weich und weicher, so wie eine Frucht in der Sonne immer reifer wird, immer essbarer, immer süßer. Ich habe Angst, es könnte ihn wecken, so laut klopft mein Herz, so dröhnend laut inmitten der Stille.

Ach Mischa. Lieg doch nicht so da und schlafe nicht so selig und sieh nicht so unschuldig dabei aus.

Fast möchte ich weinen. Fast möchte ich hingehen und ihn küssen, unbemerkt, aber so etwas passiert nur in Filmen, dass man davon nicht aufwacht. Er soll weiterschlafen, weiteratmen, weiterträumen. Denn jetzt gehört er nur mir. Jetzt halte ich ihn gefangen, hier in meinem Wohnzimmer, jetzt entkommt er mir nicht. Ich muss lächeln. Du dummer Junge. Legst dich in die Höhle der Löwin und schläfst ein. Ich könnte dir ein Kissen auf dein Gesicht drücken, so lange, bis du Ruhe gibst, und dich dann hier behalten, ewig mit diesem angewinkelten Bein und dem Arm über dem Kopf, und dich ewig weiter ansehen und dich berühren, wann und wo ich will.

Mischa schnaubt. Und wälzt sich auf die Seite, dreht mir den Rücken zu, und das hätte er nicht tun dürfen, sich sogar im Schlaf von mir abwenden. Denn jetzt hasse ich ihn. Ich möchte mit einer Schere Löcher in sein Haar schneiden, das so wild herumliegt auf meinen Kissen.

Stattdessen gehe ich ins Bad, schaue mich im Spiegel an und weise mich zurecht. Nicht aufgeben, Natascha. Weitermachen wie geplant. Erst L., dann J., und dann noch einer, und dann ist es vielleicht schon geschafft. Ich muss den nächsten noch besser aussuchen. Nummer drei muss die anderen in den Schatten stellen und Mischa endgültig vertreiben, so wie man einen Teufel austreibt oder böse Geister verscheucht oder Vampire ins Licht zerrt.

Im Schlafzimmer riecht es nach Schnaps. Und Pauls Nase ist verstopft, er schnarcht. Da ist es ja wieder, mein anderes Ich. Wo hast du gesteckt? Nicht mehr kleinlaut, nicht mehr zerknirscht, sondern das Gegenteil. Dieses Ich bekommt wieder Oberwasser, ich höre es grunzen in mir, es pumpt sich auf, rechthaberisch

und egozentrisch. Es will von der Schwärze der Nacht ni
wissen. Stemmt sich gegen das Sehnen hin zu dem Sofa
Wohnzimmer.

Die beiden, die Schlafenden, sie sind es, die mich in d
Hände der anderen Männer treiben. Sie lassen mir keine Wah
Wenn mich irgendwann ein Psychopath erwischt, werden sie an meinem Grab stehen, in dem nur noch einzelne Stücke von mir liegen, sich auf die Fingerknöchel beißen und alles bereuen. Ich dagegen tue mir jetzt schon leid.

Ich ziehe mich aus und schlüpfe ins Bett und kuschele mich linkisch an Paul. Ein unmissverständlicher Raubtierton und sein spontanes Wegrücken überlassen mich allerdings meinem Schicksal. Allein in der Mitte des Bettes. Ich überlege, ob ich da liegen bleiben soll, damit Paul irgendwann auf seiner Seite herausfällt und sich vielleicht etwas bricht. Aber ich gebe klein bei und rutsche auf meine Seite, um ein paar Gedanken an J. nachzuhängen, an seinen Riesenphallus und sein Lausbubenlachen, bis ich sehr einsam einschlafe.

*

Das Programm, dringender notwendig denn je, kommt durch einen Reinfall ins Stocken. Das Internet erweist sich als Tummelplatz für Männer, mit denen man als Frau nichts zu tun haben will oder sollte. Aber ich habe keine Lust mehr auf Bars. Vom Gang im Firmengebäude und vom Intranet halte ich mich fern. Mit Bedacht muss ich weitermachen, notfalls mit Geduld. Meine Kur dient einem höheren Ziel. Nämlich einwandfrei gesund zu werden, um dann gestärkt das in Seenot geratene Schiff meiner Ehe auf Kurs zu bringen und die Schiffbrüchigen wieder an Bord zu holen.

ι schließlich diese letzte Phase ein und wartet ι mit der stärksten Medizin von allen auf. Er ist neu ›erg, wegen eines Engagements am Schauspielhaus, ıt auf einer Kennenlernseite Leute zum Ausgehen. Wir ι ein bisschen hin und her, und er lädt mich zu seinem ein.

. düsterer Stimmung wegen der ins Stocken geratenen Kur ι der seltsamen Raumverteilung im Ehebett mache ich mich ,o auf den Weg ins Theater, müde von der Arbeitswoche, ›ustriert und intellektuell nur mäßig in Schwung. Die Dame am Schalter schenkt mir allerdings ein Lächeln, sodass ich mich privilegiert und ein wenig besser fühle, mit einem geheimnisvollen Kürzel auf der Karte.

Es wird *Woyzeck* gespielt. Und Woyzeck rennt sage und schreibe das gesamte Stück über im Viereck, nackt und in Springerstiefeln, manchmal auf allen vieren, dann wieder schwankend aufrecht, dann wieder monoton joggend.

Das ist K.

Ein gar nicht so athletischer, aber offenbar zu allem bereiter Typ, blass, wenig behaart, Arme und Beine muskulös, Bauch und Hüften eher sinnenfreudig, insgesamt schönhinternhaft. Sein Penis ein kleines, in sich zusammengerolltes Wesen, das sich im Hin-und-her-Schwingen an den rennenden Körper klammert, und man kann sehen, das ist nicht sein Tag, nicht sein Auftritt, aber er will diese Angelegenheit mit Würde hinter sich bringen.

K.'s Gesicht ist von der Rolle in Beschlag genommen, es ist nicht es selbst, sondern das einer gequälten Kreatur, verzerrt zum Teil, dann wieder erschlafft, der Mund offen und heftig schnaufend, und doch ist es im grellen Bühnenlicht ein Gesicht von glatter, intensiver Schönheit. K. trägt Glatze, aber es ist eine Theaterglatze, ich frage mich, was für Haar sich platt gedrückt darunter verbergen mag. Ich bin gebannt. Nicht mehr müde. Dieser Mann soll Stufe drei und somit die endgültig wirksame und letzte Phase meiner Behandlung werden. Immerhin ist er leidenschaftlich genug, sich ein Stück lang im Kreis herumschicken zu lassen, und diese Leidenschaft soll mir gehören, diese Ausdauer und diese Bedingungslosigkeit.

Nach der Vorstellung halte ich in der Bar Ausschau. Ich entdecke ihn in einem Pulk von Leuten, er ist nun bekleidet und sein extrem blond gefärbtes, kurzes Haar steht in alle Richtungen, als hätte er nach einer heißen Nacht gerade erst das Bett verlassen. Das muss er sein, die Blässe, der Bauch sichtbar unter dem eng anliegenden, weißen Hemd, das ihn noch weißer aussehen lässt, noch besser und noch begehrenswerter.

Aber ich zaudere. J. ist schon so lange her, und mein abgeklärtes Ich hält ein Nickerchen, kein einziger guter Satz will mir einfallen, meine Mundwinkel zeigen nach unten, ich kann das fühlen, ich bringe sie einfach nicht nach oben, meine Augen suchen immerzu den Fußboden, diesen neuen Holzboden, recht schick gemacht und von interessanter, dunkler Farbe.

Ein Zustand fortgeschrittener Flirtunfähigkeit. Ich gehe aufs Klo.

Aber dann muss ich gar nicht so viel tun, gar nicht so weit ausholen, ich bekomme zum richtigen Zeitpunkt ein leckeres Keks vor die Augen gehalten und muss nur noch zubeißen. Denn als ich aus der Toilette komme, rennt Woyzeck gerade Richtung Herrenklo, er kann das Rennen gar nicht mehr lassen, bremst aber mitten im Lauf, um mich vorbeizulassen, und dann sieht er mich an. Diese eine entscheidende Sekunde zu lange. Mit fast farblosen, hellen Augen. Augen wie ein Husky. Er wartet darauf, dass ich was unternehme, und ich tue ihm den Gefallen, bitte sehr.

»Vielen Dank«, sage ich.

Hat er nicht eine Belohnung verdient für all die Anstrengung auf der Bühne?

Er zieht fragend die Augenbrauen hoch.

»Für das Rennen. Das war keine halbe Sache. Und für die Karte.«

Mein Lächeln ist wieder da, mein Mund ist wieder da, meine Augen, mein Gesicht, mein Körper, mein Busen, schön groß, meine Beine, meine kleine, private Tropfsteinhöhle dazwischen.

»Hat dir gefallen?«, fragt er. Wieder das Jungenhafte, das mich betört.

»Hat mir sehr gefallen.«

Wir grinsen uns an.

»Wir gehen noch was trinken, ein paar Leute, kommst du mit?«, fragt er.

»Vielleicht kommst du ja mit mir mit. In den Bäckerhof zum Beispiel?« Allerbestes, zuckersüßes, verwegenstes Lächeln.

K. verabschiedet sich von seinen Kollegen, legt einen Arm um mich, wir laufen zum Taxistand, als wären wir ein Paar.

Aber K. ist anders. Das merke ich gleich. Anspruchsvoll. Der gibt sich nicht zufrieden mit schöner Form, er trachtet nach Inhalt. Er will nicht spielen. Ich schon. Im Taxi behalte ich noch die Oberhand. Aber im Bäckerhof gewinnt er schnell an Boden. Er ist klug. Gelten Schauspieler nicht gemeinhin als dumm? K. ist nicht dumm. Das Übliche zieht nicht. Ein Mann, der über eine Stunde im Kreis rennt, auf einer Bühne und nackt, der gibt nicht so schnell auf. Der will die Dinge in SEINE Richtung bewegen und nicht in meine. Aber was ist seine Richtung? Natascha blickt nicht durch. Ein seltener, erregender Zustand. K. ist zäh und dass er dabei so freundlich ist, so herzerfrischend und irgendwie uncool, das weckt tatsächlich MEIN Interesse, das lenkt mich ab von meinem Vorhaben, und wir plaudern, und vielleicht ist das seine Richtung, ein GESPRÄCH.

Ich gehe wieder zur Toilette. Eine Klokabine ist manchmal ein Raum, in dem man Dinge zurechtrücken kann. Eine Mauer mit Spülvorrichtung, zwei Trennwände links und rechts, eine Tür, alles grau. Überschaubar. Ein Quadratmeter Kontemplation. Will ich das? Die Dinge zurechtrücken? Eine neue Offensive starten? Endlich zum Ziel kommen und K. seiner Bestimmung zuführen, sei sie auch noch so dürftig, noch so profan? Will ich nicht lieber meinen Plan ein wenig verschieben?

Es ist Ewigkeiten her, dass ich mit einem Mann gesprochen habe. Das wird mir vor dem Spiegel klar, in diesem Licht, in dem ich so müde aussehe, wie ich bin. Eine erschöpfte Frau. Sie spricht nicht mehr mit Männern. Sie schläft nur noch mit ihnen. Im Ehebett mit einer Demarkationslinie dazwischen, bewacht von Blauhelmsoldaten, und in der Motel-One-Bettwäsche mit gar nichts dazwischen.

Es könnte seinen Reiz haben. Zu sprechen. Das könnte schön sein, vielleicht sogar schöner als das andere, und deswegen soll es heute noch nicht aufhören, und ich verhandle ein bisschen mit mir, es könnte sogar wirksamer sein, effektiver, denn ich habe noch nicht ein Mal an Mischa gedacht, erst jetzt, jetzt denke ich an Mischa, und zwar wie nebenbei.

Ich werde nicht mit K. schlafen, nicht heute. Es würde nicht passen.

Es passt, dass wir noch ein bisschen draußen herumstehen. Und dass K. nicht auf etwas aus ist, dass er sich nicht ins Zeug legt, dass er nur nach meiner Handy-Nummer fragt und wieder den Arm um mich legt, weil mir kalt ist, als wären wir ein Paar, das passt auch.

Er steigt in ein Taxi und winkt und lächelt, seine Augen eisfarben, er fühlt sich wohl, mit mir. Kurz bevor der Wagen vorne abbiegt, sehe ich noch einmal das extrem blond gefärbte Haar leuchten.

Die nächsten Tage komme ich mit Augenringen ins Büro, und sogar Paul fragt, was ich denn treibe, nachts am PC.

Ich chatte mit K.

Sein Username ist Carlson, wie Carlson vom Dach. Aha, ein Kindskopf. Einer, der bei Astrid Lindgren hängen geblieben ist. Wie niedlich, denke ich.

Ich erfahre, dass er in Berlin eine Freundin hat, und weiß nicht, ob mich das interessiert.

Ich schreibe: So so.

Carlson schreibt: Sie heißt Karen. Ich vermisse sie.

Definitiv, das interessiert mich überhaupt nicht.

Ich schreibe: Warum bist du dann weggegangen?

K. rechtfertigt sich verdächtig wortreich, er habe in Berlin kein Engagement bekommen, und er sei Schauspieler, kein Taxi-Fahrer und so weiter. Das hat er anscheinend schon sehr oft erklären müssen, der Arme, wahrscheinlich seiner Freundin, Karen, die dafür kein Verständnis aufbringt und auch ansonsten unsensibel und selbstsüchtig ist.

Ich schreibe: Nicht vielleicht ein bisschen Bindungsangst? Das soll bei Männern vorkommen.

Carlson: Echt?

Ich: Hab ich gehört.

Carlson: Nein.

Ich: Was nein?

Carlson: Keine Bindungsangst. Aber ein schlechtes Gewissen.

Ich: Weil du weggegangen bist?

Carlson: Weil ich mit dir chatte nachts um zwei und nicht mit ihr.

Ich: Sie schläft bestimmt schon.

Calson: Ja, arglos und vertrauensselig. Wir haben uns versprochen, treu zu sein. Auch wenn es schwer ist.

Ich: Wie rührend. Warum verspricht man sich was, was schwer zu halten ist? Das Leben ist schwer genug.

Carlson: Weil man sich liebt? Weil man nicht will, dass jemand sehr weint, den man liebt?

Nummer drei hat es in sich, ich muss auf mich aufpassen. Ich will jetzt keinen Sportsgeist entwickeln. Wollen wir doch mal sehen oder das wäre ja gelacht oder solche Geschichten. Lieber nicht.

Also schreibe ich: Okay okay!!!

Carlson: Ich bin ein Freak, gell?

Ich: Nein.

…

…

Carlson: Hallo, bist du noch da?

Ich: Ja.

Carlson: Was ist los?

Ich: Nichts. Du bist ja eine uneinnehmbare Burg mit deiner Einstellung. Ich bedauere das gerade.

Carlson: Ich auch.

…

…

Ich: Noch da?

Carlson: Ja. Manchmal ist es eben etwas schwerer.

Ich: Ja, aber wir wollen ja nicht, dass jemand weint.

Carlson: Wie ist es bei dir? Treu?

Ich: Nein.

Und so erfährt K., dass ich mit Paul verheiratet bin, und dass wir nie darüber gesprochen haben, ob wir uns treu sein wollen, und ob das schwer ist.

Und ich werde ganz traurig davon, aber Carlson tröstet mich: Manchmal ist es vielleicht besser, etwas nicht zu sagen und nicht zu hören.

Wem sagt er das. Paul und ich sind schließlich Experten darin, bestimmte Themen auszusparen, um Schlimmeres zu verhindern.

Und deswegen ist das gegen die Abmachung, als Paul mich beim Frühstück fragt: »Was treibst du eigentlich dauernd nachts am PC?«

Aber dann reicht ihm ein Schulterzucken. Er besteht nicht auf einer Antwort. Ein einfaches Schulterzucken genügt, ihn in sein Delirium von Desinteresse zurückzubefördern.

Als ich K., den Freak, frage, ob wir nicht mal wieder in den Bäckerhof gehen oder uns sonst wie persönlich begegnen sollten (meine Hintergedanken sind eindeutig, ein Gespräch ganz nett, aber Sex ist nun mal notwendiger denn je, um den Behandlungserfolg nicht zu gefährden), entscheidet sich Nummer drei schließlich gegen den Bäckerhof und für die Treue.

Er schreibt: Ich fange an, mir dich zu wünschen. Jede Nacht. Deswegen hörst du vielleicht eine Zeit lang nichts von mir.

Na großartig, denke ich. Alles könnte wieder mal so schön sein. Aber Männer hauen eben ab, wenn es zu schön wird. Von Berlin nach Nürnberg und notfalls wieder zurück. Ich will es nicht einsehen, nicht hinnehmen, aber K. bleibt hart und ich allein, nachts vor meinem PC.

Also lege ich mich wieder neben Paul, der sich umdreht und leise stöhnt. Ich möchte ihm den Schädel aufbohren, um an seine Träume zu kommen. Möchte seinen Brustkorb öffnen, um sein Herz zu betrachten. Ist es ein blutiges, lebendiges Herz, oder ist es ein Stein, ein Stück Beton? Und wem gehört es? Und als ich so nachdenke, da weiß ich es plötzlich: Ich bin wieder da. Ich bin gesund. Die Therapie ist zu Ende, erfolgreich abgeschlossen. Dieser Mischa, der mich einmal so verrückt gemacht hat, dieser Jüngling, bei dem ich an die Tür getrommelt habe und dessen schlaffen Schwanz ich im Mund liegen hatte, der ist Geschichte. Ich habe alles gegeben und mich entliebt. Die Kur hat geholfen. Die Ich-muss-Mischa-vergessen-Kur. Die Ich-muss-eine-Menge-vergessen-Kur.

Jetzt muss ich das mit Paul wieder hinkriegen. Das ist das Härteste. Nicht sein Groll, sondern meiner. Den aufzugeben. Hart. Dass er mich in den finstersten Momenten allein lässt. Ich muss zu ihm gehen, und zwar nicht nur ein Mal, sondern oft. Anders geht es nicht. Das durchzuhalten, das ist viel verlangt.

Ich gestehe, ich habe alles getan. Das Unvernünftige und das Vernünftige. Ich habe den einen mit dem anderen ausgemerzt und den anderen mit dem nächsten und so fort, und dann komme ich zurück, obwohl Paul mich nicht beglückwünscht. Er freut sich nicht, ist nicht überglücklich, mich wiederzuhaben, er ist nur bereit, zur Normalität zurückzukehren. Normales Leben. Wie man halt so lebt im dritten Jahrtausend, Akademikerpaar, keine Kinder, schöne Wohnung, viel Arbeit, einigermaßen Spaß. Aufatmen. Alles wieder gut.

Aber die Buße, die dauert noch länger. Paul schläft weiterhin nicht mit mir. Er küsst mich nicht, er sieht mich nicht an. Vielleicht hat er einen Ekel vor mir und vor den anderen Männern, die in mir drin waren. Aber das glaube ich nicht. So zimperlich ist er nicht. Seine Rache ist komplizierter. Er enthält mir vor, was ich brauche. Er verweigert mir, was mir guttut. Kann ich es einfordern? Kann man einklagen, beschlafen zu werden? Und angeschaut, wenn man aus der Dusche kommt und nackt ist?

Ich sitze auf dem Klo, es plätschert aus mir heraus, und ich denke, ihr Schamlippen, ihr zarten Läppchen, ihr solltet nicht verdorren in dieser Wüste, unangefasst und bebend vor Verlangen.

Nichts bebt. Ich masturbiere, und es hilft nichts. Meine Brüste fühlen sich riesig an, gespannt und bedürftig, niemand saugt an ihnen, niemand findet sie schön. Niemand findet mich schön. Ich bin gar nicht da. Ich existiere nicht. Paul hat diese Leuchtschrift auf der Stirn: Lass es lieber gleich bleiben. Und ich lasse es bleiben, natürlich. Soll er diesen Triumph auch noch haben? Mich abzuweisen? Mich wegzustoßen? Reicht es noch nicht? Doch, es reicht. Die Demütigung, mit brennender Muschi und brennender Seele neben ihm zu liegen, unbeachtet, ungerochen, ungeschmeckt, die reicht schon. Sie macht mich alt, hässlich und bitter.

Und weil Paul keine Ahnung hat, weil er mich ja nie irgendetwas fragt, was eigentlich los ist zum Beispiel, deswegen macht er das Falscheste: »Hey, wollen wir mal wieder was mit Mischa machen?«

Wie kommt er darauf?

»Hat der nicht eine Freundin? Diese Bianca?«, frage ich, tatsächlich desinteressiert, tatsächlich vollkommen gelassen.

»Bianca? Wie kommst du denn auf die Idee? Die steht doch auf Frauen.«

Ich muss aufpassen. Er darf jetzt bloß nichts merken.

»Ist ja auch egal«, sage ich. »Ja, mach was aus mit Mischa.«

Ihr seid verdammt noch mal selber schuld. Ihr. Nicht ich. Ihr wollt es also wissen. Na gut. Ich werde Mischa wiedersehen. Ich werde aufrecht gehen. Ich werde lächeln und Geschichten erzählen, das kann ich, manchmal hört sich das an, als würde ich jeden Tag etwas Besonderes erleben.

Paul wiegt sich wie immer in Sicherheit. Mischa wahrscheinlich auch. Das hat er sich womöglich von Paul abgeschaut, sich immer schön in Sicherheit wiegen, dann kann auch nichts passieren. Von Paul kann man immer etwas lernen, gell Mischa, aber nicht immer was Gescheites, das sage ich dir, das könnte ich dir sagen, wenn wir mal ins Gespräch kommen würden.

Aber so einfach ist das nicht, ihr beiden. So schnell verzeihe ich nicht. Ich verzeihe nie. Und auf die nächste Kur muss ich zwei Jahre warten, so ist das bei der Krankenkasse auch. Eine Kur kriegt man nicht dauernd, nur weil mal wieder etwas anbrennt.

Ob Mischa sich verändert hat?

25. KAPITEL

MISCHA: VOLLMEISE

Freitagmorgen. Er saß in seiner Küche, ausgeschlafen, unverkatert, top in Form und guter Dinge. Dieser Freitag machte ihm keine grauen Haare. Draußen schien die Sonne. Er hatte frei und nichts Besonderes vor, außer seine Muskeln zu trainieren, vielleicht Brot und was drauf einzukaufen und sich ein bisschen im Internet herumzutreiben. Und am Abend zu einer Verabredung zu gehen, also nichts Neues. Sich im Trocadero treffen, einen Caipi trinken, vor der Tür stehen und rauchen, quatschen und dann nach Hause gehen.

Paul hatte gewonnen. Und im Augenblick fühlte sich das ganz okay an. Mischa Mackenroth würde seinem Kumpel einen dringlichen Wunsch erfüllen, mehr nicht, was sollte falsch daran sein. Als Mönch, als sexloser Mann mit zweifelhaftem Genital, als jemand, der sich abgesehen davon neuerdings auf der Erfolgsspur bewegte, konnte ihm nicht viel passieren, das war Mischas Meinung. Natascha, das war vorbei. Sie war nur die Frau seines Freundes und hatte offenbar ein paar Probleme, und Mischas ganz und gar objektive Expertise war gefragt, ob Paul wirklich allen Grund hatte, sich Sorgen zu machen, oder nicht.

Da hatten private Empfindlichkeiten und Gefühle und Erinnerungen und all das zurückzustehen, da ging es allein um einen Freundschaftsdienst, zumal sich Mischa sicher war, dass Natascha nichts weiter war als eben Natascha, in den ganzen schillernden Farben, die sie nun mal zur Verfügung hatte. Mischa hatte vor, Paul ein für alle Mal zu beruhigen, ihm diesen schmerzhaften Zahn zu ziehen, und dann konnten sie wieder squashen gehen, in Kneipen abhängen und sich wichtigere Themen vornehmen als Nataschas Vollmeise.

26. KAPITEL

NATASCHA: BEUTE

Hätten sie nur die Geister nicht gerufen. Hätten sie das nur nicht ausgemacht. Würden sie nur klarer sehen. Es ist nicht der richtige Zeitpunkt. Ein anderer wäre in jedem Fall besser gewesen. Nicht jetzt, nicht heute.

Paul schweigt und schaut ständig woandershin. Was ich auch rede, und ich rede viel, einer muss es ja tun, er sieht mich nicht an, er antwortet nicht. Ich erzähle ihm zum Beispiel meinen Traum: ein Fest in einem Jugendstilhaus, ein rauschendes Fest. Ich gehe mit einem Glas in der Hand die Treppe hinunter, in einem langen, schwarzen Kleid mit sehr tiefem Ausschnitt. Ich gehe an Paul vorbei, er sieht mich an wie nebenbei, wie eine Unbekannte, eine Unwesentliche, als wäre ich nicht seine Frau, sondern irgendeine, die irgendwo gerade herunterkommt. Ich gehe mit meinem Glas in den Garten, die Eiswürfel klirren, ich nehme einen Schluck, es ist ein süßer Likör, er schmeckt nach Mandeln. Im Gras wird der Saum meines Kleides feucht, ich höre die Musik im Haus nur noch von fern, *if I could kiss you now, I'd kiss you now again and again*. Ich erreiche eine Uferböschung, sie ist weich und schlammig, ich finde keinen Halt mehr mit meinen Schuhen und rutsche endlos lang den Hang hinunter, immer weiter, ein tiefer, schlammiger Abgrund. Paul wird mich nicht hören, denke ich, und rufe trotzdem: »Paul! Paul!« Das Wasser ist kalt und reißt mich sofort mit sich.

Ich erzähle Paul den Traum, und er sagt: nichts. Er zuckt auch nicht mit den Schultern oder lächelt oder verdreht die Augen. Er schaut nicht einmal zu mir rüber. So, dass ich seinen Groll riechen und schmecken kann wie das Salz in der Luft an einem stürmischen Tag am Meer, aber hören, hören kann ich dieses Meer nicht. Nur manchmal ein lautes Ausatmen, wie wenn es einer ganz schwer hat.

Ich sitze im Auto am Steuer und fluche über den Typen vor mir, der nicht losfährt, obwohl die Ampel grün ist und gleich wieder auf Gelb schalten wird. Paul schließt auf dem Beifahrersitz die Augen und dreht den Kopf von mir weg Richtung Fenster. So lange, bis ich still bin. Dann noch etwa zehn Sekunden länger, dann macht er die Augen wieder auf, schaut nach vorne auf die Straße und spricht weitere fünfzehn Minuten lang kein Wort.

Was ist das? Überdruss?

Mein Geschwätz, mein Geschnatter, mein hilfloser Kampf um irgendein Gespräch. Irgendwann muss er den Mund aufmachen, weil ich nicht lockerlasse, ihm zusetze, und dann spuckt er mir alle Vorwürfe ins Gesicht, die sich angesammelt haben, die gerechten und die ungerechten. Dann bin ich vernichtet, ausgemerzt, er hat nichts, gar nichts mehr übrig gelassen, ich lecke eine Zeit lang meine Wunden, werde stiller und weniger fröhlich und rede nicht mehr, und dann kommt er zurück, heraus aus seinem Trotz, um mich in den Arm zu nehmen und zu sagen: Ich liebe dich doch.

Diese Momente sind nicht kostbar. Sie bilden nur einen sachlichen Abschluss unserer Beziehungskrisen und läuten eine Zeit zärtlicher Zuwendung ein, eine Zeit mit Zukunftsplänen und verschwörerischem Lachen. Aber jetzt, noch mittendrin, gerade jetzt sollten wir uns nicht mit Mischa treffen. Ich mache aber gute Miene und lasse den Dingen ihren Lauf. Es könnte immerhin sein, dass Paul es gut mit mir meint. Aber alle Anzeichen sprechen dagegen. Er führt was im Schilde, und ich werde herausfinden was. Vielleicht nützt es mir dann, Paul wieder für mich einzunehmen, damit er die Augen nicht schließt, sondern aufmacht, damit ich die Treppe hinuntergehe, und er erkennt mich, Natascha, seine Frau, in dem tief ausgeschnittenen Kleid, und er ist stolz, mich gejagt und erlegt zu haben, und er zeigt es, indem er den Arm um meine Schulter legt und einen Toast auf seine Beute ausspricht.

Und wenn nicht? Ich habe Angst, dass meine Schönheit ungesehen verblüht. Wenn das nächste Mal jemand hinsieht, ist sie vielleicht schon nicht mehr da. Oder es ist jetzt schon so weit, und ich träume mich schöner, als ich noch bin.

27. KAPITEL

MISCHA: TRÄUM WEITER

Paul und Natascha waren schon da, sie saßen unter dem schrägen Bild, das seit Ewigkeiten im Trocadero hing. Es hieß *Ein Arsch holt immer die Polizei* und war so was wie ein Markenzeichen hier. Die schöne Wirtin, der die Kneipe gehörte, stellte Paul gerade ein Pils hin und Natascha einen Caipi. Auch die Caipis waren hier so was wie ein Markenzeichen, weil sie von legendärer brasilianischer Qualität waren.

Mischa blieb einen Moment vorne am Eingang stehen. Natascha betrachtete intensiv ihr Glas und das Eis und den Strohhalm. Paul nahm einen großen Schluck von seinem Pils. Sie hatten ihn noch nicht entdeckt. Mischa überlegte kurz, ob er nicht wieder gehen sollte. Ob er nicht eine schlimme Grippe haben sollte oder einen Fahrradunfall oder Ähnliches. Leider würde Paul ihm das nie im Leben abnehmen.

Außerdem sah Natascha verändert aus. Das interessierte Mischa. Sie war kaum geschminkt und trug ein absolut lässiges, verwaschenes Sweatshirt, das vielleicht demonstrieren sollte, dass das heute nicht etwa ein besonderer Anlass für sie war, sondern bloß ein stinknormales Treffen mit ihrem Mann und irgendwem.

Das interessierte ihn jetzt nicht mehr, das regte ihn auf. Er hatte noch nicht mal Hallo gesagt, und schon regte Natascha ihn auf. Das konnte ja heiter werden. Das versprach, ein ausgesprochen entspannter, gemütlicher Abend zu werden.

Dann schaute sie zu ihm hin. Sie erwischte ihn praktisch dabei, wie er da stand und sie anglotzte. Sie lächelte nicht. Sie nickte nur und tippte Paul auf den Arm, der jetzt auch aufschaute und Mischa winkte.

Er ging also hin, jetzt war es unvermeidlich, und klopfte Paul zur Begrüßung auf die Schulter und sagte: »Hi, Natascha.«

»Hi, Mischa«, antwortete sie und lächelte immer noch nicht, und sie sagte auch nichts Gemeines oder forderte ihn sonst wie heraus, sie sah ihn nur an wie einen Fremden und lehnte sich zurück.

Aha, dachte er. Natascha hatte also sämtliche Flirtabsichten zu Hause gelassen oder eingemottet und auf dem Dachboden verstaut. Mischa sollte es recht sein. Auch wenn ihm das Ganze ein wenig unheimlich war. Vielleicht hatte Paul recht, und mit Natascha stimmte was nicht. Und was bedeutete das am heutigen Abend für ihn, Mischa?

Er setzte sich auf den einzig freien Platz am Tisch, neben Natascha und Paul gegenüber.

Die Wirtin kam zu ihm, legte ihm einen Arm um die Schulter und fragte: »Na, Mischa, wie geht's?«

Er war froh, dass es sie gab, die schöne Wirtin, vielleicht war sie auf seiner Seite, vielleicht würde sie ihm zu Hilfe kommen, wenn es notwendig war.

»Gut. Alles im grünen Bereich so weit«, sagte er.

Sie tätschelte ihm den Rücken und fragte: »Ein Pils?«

Er lächelte und nickte. Sie gehörte zu den Guten. Aber jetzt war sie schon wieder weg und Natascha immer noch da. Sie zog gerade an ihrem Strohhalm, mit ihrem lippenstiftlosen

Mund. Jetzt fiel es ihm ein, sie sah aus wie damals in der Notaufnahme: *undone*. Er fragte sich, ob sie wusste, wie unheimlich viel hübscher sie so noch war, oder ob sie dachte, sie könnte auf die Weise ihr Licht ein bisschen unter den Scheffel stellen. Ihm konnte es egal sein. Er hatte nicht gehofft, Natascha sei auf einmal weniger schön und weniger anziehend.

Aber es war komisch, dass sie nichts sagte, nichts dafür tat, dass ein Gespräch in Gang kam, das hatte sie ansonsten doch drauf, sie war doch alles andere als schüchtern oder introvertiert oder so was. Stattdessen fing Paul an, irgendwas zu erzählen. Mischa versuchte, sich einigermaßen zu beteiligen, obwohl ihm das alles sinnlos vorkam, das war einfach nur verkrampft und außerdem irgendwie desillusionierend und der inneren Verfassung abträglich.

Dann erkannte Paul vorne am Tresen jemanden, sagte »Bin gleich wieder da« und stand auf, um einen Bekannten zu begrüßen, ein Typ im Anzug, den Mischa noch nie gesehen hatte.

Er wartete, dass Paul wieder zurückkam, aber der fing seelenruhig ein Gespräch an und lehnte sich an den Tresen und plauderte mit dem Anzugtypen, als hätte er gerade überhaupt nichts anderes vor. Das war eindeutig gegen die Abmachung. Hatte Paul nicht versprochen, auf Mischa aufzupassen? Hatte er nicht gesagt, Mischa Mackenroth stünde den ganzen Abend, und zwar jede Minute, unter seiner, Paul von Abenbergs, Obhut? Und wo war er jetzt?

Natascha zog den letzten Rest Flüssigkeit durch ihren Strohhalm und machte dabei dieses übertrieben laute Sauggeräusch. Es schien sie überhaupt nicht zu stören, dass sie beide jetzt sich selbst überlassen waren, dass sie allein miteinander waren, es interessierte sie womöglich nicht einmal besonders.

»Was ist los mit dir? Du sagst gar nichts«, fragte Mischa. Man konnte ja nicht ewig da sitzen und schweigen, sonst würde das irgendwann ein bedeutungsvolles, vielsagendes Schweigen werden, und das galt es doch zu vermeiden, oder etwa nicht.

Sie blickte von ihrem Glas auf, erstaunt oder als hätte er sie bei einem total komplexen Gedankengang gestört.

»Das könnt ihr ganz gut alleine, euch unterhalten, oder nicht? Darin habt ihr doch jede Menge Übung.«

Da war sie ja wieder: Natascha. Da war auch ein erstes, zaghaftes Lächeln. Und ein Blick.

»Ich dachte schon, du hast deine spitze Zunge heute zu Hause gelassen.«

»Tja, manchmal nimmt man sich was vor, und dann ist es schwierig, sich dran zu halten, oder?«

»Ja, das kenne ich.«

Paul machte keine Anstalten, seinen Bekannten mal wieder stehen zu lassen.

»Und warum wolltet ihr mich heute dabeihaben? War euch langweilig?«

Und schon waren sie mittendrin in so was wie einer Unterhaltung, die eigentlich nur ins Abseits führen konnte. Nichts sagen oder was sagen, das war im Grunde das Gleiche. Denn da saß keine fremde, schöne Frau, da saß Natascha, Mischa erkannte sie jetzt wieder und sah Paul da vorne stehen, mit einem neuen Pils vor der Nase und ins Gespräch vertieft. Alle Abmachungen waren hinfällig. Mischas Gefühl hatte ihn nicht getäuscht. Paul verfolgte einen Plan, der hatte da was eingefädelt, eine Wiedervereinigung Mischa-Natascha, eine Versöhnung, was auch immer. Na gut, damit war Mischa auch von allem entbunden, das war seine Meinung.

»Ich bin in Pauls Auftrag hier«, sagte er.

»Pauls Auftrag? Bist du Robin und er Batman?«

»Nein, er macht sich Sorgen um dich. Ich soll mal überprüfen, ob er Grund dazu hat. Ich soll ein fachmännisches Urteil abgeben.«

Natascha machte große Augen. Etwas in ihr war gerade zum Leben erwacht. Die Schlange vielleicht. Oder was anderes Gefährliches.

»Spinnt der?« fragte sie.

Sie winkte die Wirtin her und bestellte einen weiteren Caipi. Mischa orderte noch ein Pils. Die Wirtin verzog sich sofort wieder, sie hatte es total raus, sich auf ihre Gäste einzustellen, und roch auch jetzt den Braten einer bedeutsamen Aussprache.

»Und?« fragte Mischa. »Muss man sich Sorgen um dich machen? Geht es dir gut?«

»Warum fragt er mich das nicht selber?«

»Er meint, er hätte schon gefragt. Schon oft.«

Natascha machte »Pf« und tat dann so, als würde sie sich an was erinnern. »Ach, stimmt! Das muss vor einigen Jahren gewesen sein, da hat er mich mal was gefragt. Ich weiß nicht mehr was.«

Paul hatte recht gehabt. Wie sie daherredet, hatte er gesagt. Und das hatte tatsächlich was Beängstigendes. Hier lag einiges im Argen, das stand für Mischa fest. Und er steckte auf einmal mitten drin. Er wurde hier gerade zum Mitwisser. So hatte er sich das nicht vorgestellt. Deshalb hielt er erst mal die Klappe und nach Paul Ausschau, der weiterhin unheimlich beschäftigt war. Der Verräter.

Natascha sagte: »Ich werde mich vielleicht von Paul trennen.« Und starrte dabei auf den Tisch.

»Wie bitte?«

Sie reagierte nicht.

Er rüttelte an ihrem Arm.

»Was hast du gerade gesagt?«

»Ich hab gesagt, ich werde mich vielleicht von Paul trennen. Du hast doch einen Auftrag. Das kannst du ihm also ausrichten. Ob das für ihn ein Grund ist, sich Sorgen zu machen, weiß ich nicht.«

Da lag eine Menge Verbitterung drin, eine Menge Verdruss und außerdem ein bedrohlicher Ernst. Aber als sie ihn ansah und nicht mehr aufhörte damit, ihre Augen klebten an seinen, da wurde ihm klar, dass Natascha vor allem eines war: traurig. Herzerweichend traurig. So traurig, dass man sie sofort irgendwie aufmuntern wollte. Aber Mischa wusste nicht wie. Es fiel ihm nichts ein. Zumal er noch was anderes spürte. Etwas sehr Störendes, etwas sehr Mächtiges, was in ihm aufstieg, und er konnte nichts dagegen tun, es breitete sich aus, es besetzte ihn regelrecht. Er hatte das Gefühl, taub zu werden.

»Was ist los? Hab ich dich erschreckt?«, fragte Natascha und wandte noch immer nicht den Blick von ihm.

»Du bist so traurig«, sagte er. »Das macht dich noch schöner. Und irgendwie sehr liebenswert.«

Natascha zog die Augenbrauen hoch und machte ein absolut ungläubiges Gesicht, ein einziges Fragezeichen war ihr Gesicht. »Irgendwie?«, fragte sie.

Er konnte es ja selbst nicht glauben. Er musste verrückt geworden sein. Aber es fühlte sich nun mal richtig an. Er hatte die Wahrheit gesagt und nichts als die Wahrheit, und seine ganze Flucht und sein Verstecken und alles, das kam ihm jetzt so dumm und überflüssig vor, warum war er nicht ans Telefon gegangen, warum hatte er die Freundschaftsanfrage abgelehnt, warum hatte er nie zurückgeschrieben, warum? Natascha war doch auch nur ein Mädchen.

Und welchen Zaubertrank hatte sie ihm ins Bier geschüttet, dass er so was auch nur denken konnte?

Paul kam zurück und setzte sich wieder zu ihnen.

»Na, habt ihr euch wieder vertragen?«, fragte er.

»So viel zum Thema, du passt auf mich auf. Vielen Dank auch.«

»Sei nicht sauer, wenigstens redet ihr wieder miteinander.«

Paul grinste. Er kam sich anscheinend sehr clever vor. Und bestellte eine Runde Wodka.

»Ich will nicht«, sagte Mischa.

Natascha: »Aber ich. Komm schon, Mischa, das ist ein Abend, um sich zu besaufen. Wir feiern Wiedervereinigung. Die Mauer ist weg.«

Sie lachte ihn an, wie ausgewechselt, als hätte er sie tatsächlich aufgemuntert oder viel mehr, als hätte er sie von ihrem Fluch erlöst. Das war faszinierend. Berauschend sogar. Der Wodka trug seinen Teil bei. Paul küsste Natascha beim Zuprosten, und Mischa drückte ihr auch einen Kuss auf die Wange, und egal was sie gesagt hatte, jetzt waren sie einfach zusammen und zu dritt, und erst einmal waren alle Sorgen passé.

Und sie fingen an, über die Notaufnahme zu plaudern, über ihren Abend damals im Trocadero und über Mischas Fest und darüber, dass er eingeschlafen war und dass es doch wunderbar sei, nach all den Verwicklungen und Missverständnissen, wie Paul das nannte, wieder zusammenzusitzen, dass ihnen das alles letztlich nichts hatte anhaben können und dass sie doch eine tolle Troika seien und so weiter.

Mischa wusste nur eins: dass er Natascha so sehr begehrt hatte, dass er sie gemocht hatte und sich so sehr gewünscht, sie anzufassen, bei ihr zu sein und alles, das war kein Missverständnis gewesen, egal was sie von ihm wollte, im Augenblick anscheinend gar nicht so besonders viel. Sie ließ noch immer jeden Flirtversuch bleiben und machte keine Anstalten, ihm auf die Pelle zu rücken. Umso mehr Lust bekam er, ihr seinerseits näherzukommen, als hätte er jetzt umso mehr Platz dafür, wäre wie befreit, und wie sie das damals getan hatte, legte er nun unter dem Tisch eine Hand auf ihren Oberschenkel. Sie reagierte nicht. Schob diese Hand nicht weg, bewegte sich überhaupt nicht, ließ nicht erkennen, was sie davon hielt.

Ihr Bein zu fühlen, war unglaublich. Die Monate der Askese rächten sich jetzt, schlugen sozusagen mit Macht zurück, nur dieses Bein zu spüren unter seiner Hand machte ihm eine Erektion praktisch bis zum Himmel.

»Gehst du mit raus, eine rauchen?«, fragte Paul.

Noch konnte Mischa zurück. Noch war das vielleicht nur die Vision von einem Ständer. Eine Halluzination.

Er eiste sich los und ging mit Paul nach draußen.

»Und?«, fragte Paul.

Mischas ganz und gar reale Erektion ebbte nur langsam wieder ab.

»Sie hat mit dir eine Rechnung offen, mehr kann ich nicht sagen.«

Paul boxte ihn gegen den Arm, sagte: »Sie gefällt dir immer noch« und grinste wieder. »Das nächste Mal klappt es, wirst sehen.«

»Vielleicht ist es das, was sie dir übel nimmt? Dass du sie verschacherst?«

»Hey, hey! Ich verschachere sie nicht.« Paul auf einmal todernst. Er packte Mischa am Arm. »Ich will nur, dass sie glücklich ist. Mehr nicht. Und das schaff ich nicht allein, verstehst du? Es ist zu viel für mich, verstehst du das?« Er ließ Mischa los und setzte wieder ein Grinsen auf, das ihm aber nicht besonders gut gelang. »Wir könnten alle was davon haben«, sagte er dann. »Schon mal drüber nachgedacht?«

»Nein«, sagte Mischa.

Das stimmte nicht ganz. Es hatte diese Situation in seinem Bett gegeben, nach dem Fest, als sie alle drei dort lagen und sich küssten und solche Sachen. Aber das war so lange her. So viel war schiefgelaufen seitdem. So viel war vielleicht unwiederbringlich verloren. Mischa hatte keine Ahnung, ob man das Rad zurückdrehen konnte, er glaubte eher nicht. Aber er hatte noch Nataschas Bein unter seiner Hand und wollte in diesem Moment unbedingt an einen Neuanfang glauben, unbedingt.

»Wir drei?« Paul stupste ihn an und hatte sich wieder gefangen, sah wieder fröhlich aus und strahlte mehr oder weniger übers ganze Gesicht.

Mischa schüttelte nur den Kopf, aber das war kein Nein, das war nur seine Verwunderung, seine Verwirrung und alles.

Paul sagte: »Also ich wäre dabei. Ich bin das kleinste Problem. Nur so zur Info. Und wie ich Natascha kenne, hätte sie auch keine Vorbehalte. Es liegt also an dir.«

Mischa blickte nicht durch. Ein Nebel um ihn, ein Dunst. War das der Wodka? Er spürte nur, dass sich da quasi schemenhaft etwas abzeichnete, was verlockend war und seine Erektion ruck, zuck wieder in Fahrt brachte.

Als sie zurückkamen, war der Tisch leer.

»Ich muss mal«, sagte Mischa und ging hinter zu den Toiletten. Der Nebel lichtete sich kein bisschen, während er pinkelte. Er wusch sich die Hände. Brachte keinen klaren Gedanken zustande. Und als er die Tür öffnete, stand Natascha im engen Gang vor den Klos und las die Veranstaltungshinweise, da hingen eine Menge Plakate für Konzerte, Theater und so was. Er musste an ihr vorbei. Es war eben so eng da, und sie sah ihn nur kurz an und deutete dann auf ein Plakat vom Eggersdörfer, diesem Wahnsinnigen von der Comedy-Lounge, und Mischa las das durch wie ferngesteuert, und dann packte er sie von hinten und drückte sich an sie dran.

Sie hielt ganz still.

Er auch.

Es dauerte ewig.

Nur ihre beiden Brustkörbe bewegten sich. Bis Natascha versuchte, sich rauszuwinden, aber er ließ sie nicht. Hielt sie einfach nur fest, die Arme von hinten um sie geschlungen, sodass sie praktisch gefesselt war.

Er sagte »Schsch …« in ihr Ohr und: »Das nächste Mal in meinem Tempo, Natascha, hörst du?«

»Du meinst, es gibt ein nächstes Mal, ja? Träum weiter, Mischa«, flüsterte sie. Es hörte sich sanft an, überhaupt nicht wie sonst, keine Schlange weit und breit. Er presste seinen Schwanz an ihren Hintern und blies ihr Luft zwischen die Haare an ihrem Nacken. Dann kämpfte er sich durch ihr Haar hindurch, das nach ihr roch, und küsste ihren Nacken, ganz leicht.

»Mischa«, sagte sie. »Du hast dir bestimmt vorgenommen, das nicht zu tun. Nie mehr.«

»Manchmal ist es eben schwer, sich dran zu halten.«

Sie lachte. Ein raues Lachen von ganz unten. Es gefiel ihr. Er hielt sie noch fester.

»Es gibt immer ein nächstes Mal für uns«, sagte er. »Immer wieder, Natascha. Das weiß ich jetzt.«

»Sag noch mal meinen Namen.«

»Natascha. Du bist Natascha.«

Sie drehte sich um, ihr Gesicht direkt vor ihm, ungeschminkt und betörend.

»Gehen wir wieder rein«, sagte sie, aber nicht kühl, sondern aufgewühlt, mit sich kämpfend, erregt.

Er konnte sie nicht loslassen. Hielt sie weiter fest, mit aller Kraft, als wollte er ihr die Luft abdrücken, und sie gab sich geschlagen in diesem Moment, sein Tempo, sie bewegte sich kein bisschen. Es dauerte Stunden, die ganze Nacht, und immer länger, bis sie schließlich wieder zurückgingen zu ihrem Tisch und zu Paul. Er musste was merken, musste ihre geröteten Gesichter sehen, ihr Atmen hören, aber er sagte nur: »Ich hab noch eine Runde bestellt. Wie wäre es dann mit einem Absacker bei uns? Die Flasche Wodka ist noch halb voll.«

Natascha sagte: »Wegen mir.«

Und Mischa sagte: »Warum nicht.«

28. KAPITEL

NATASCHA: OHNE HEMD

Alles hat sich erfüllt, aber das ist seltsam, wenn sich alles erfüllt. Ich kann es nicht glauben. Dann wieder glaube ich es und schmiede Pläne, die niemals aufgehen werden. Denn ewig wird das nicht dauern. Dabei sind diese Wochen schon eine Ewigkeit. Ich habe nicht die leiseste Ahnung, wer es am wenigsten braucht und wer am meisten. Ich habe Angst, dass ich das bin. Wie eine Schildkröte ohne Panzer, so komme ich mir neuerdings vor. Eine Schlampe ohne Hemd. Nackt. Jeder kann mich sehen, von außen und von innen. Und das tun sie ja auch, die beiden, sie gehen da hinein, sehen sich um, spazieren wieder heraus, aber was ist, wenn sie da einen Film drehen, in meinem Inneren, und ihn ins Internet stellen, oder wenn ihnen das nicht gefällt, was sie da sehen. Oder es nur kurz, nur vorübergehend interessant ist.

Wie sollen Paul und ich danach weitermachen? Wird es etwas sein, was uns verbindet oder was uns trennt? Ich habe das gesagt: Ich werde mich vielleicht von Paul trennen. Ich habe es gesagt. Also muss ich es gedacht haben.

Paul ist weiterhin souverän, dann wieder nicht. Dafür ist er zu glücklich. Er strahlt zu viel. Er hat zu selten schlechte Laune.

Er sieht zu oft über meine Macken hinweg, ist mit einem Mal großzügig und winkt ab und lässt es gut sein, wenn er über meine ganzen Fehler stolpert.

Und das ist die Wahrheit: Nicht ich mache ihn glücklich. Nicht ich bewirke das. Also was ist es? Was? Paul gibt mir noch mehr Rätsel auf als jemals zuvor. Er antwortet mir wieder und spricht mit mir, und es gibt diese Feindschaft nicht mehr und den Groll, aber er sieht mich nie wirklich an. Wenn er mich fragt: »Alles okay?«, dann hofft er, dass ich Ja sage. Und ich sage: Ja. Denn würde ich mehr sagen, könnte es schon zu viel sein und unser Kartenhaus aus drei einsamen Karten zum Einstürzen bringen. Wer sich zuerst bewegt, kommt als Erster um. Wer zuerst fragt, wird alles zerstören. Also schweige ich. Auch Mischa will an nichts rütteln.

Wir würden alle drei unsere Seelen und unsere Großmütter verkaufen, Gott lästern, Walfleisch essen, einen Regenwald abholzen und jemanden töten, nur um noch kurz weiterzumachen, nur noch eine Nacht oder nur noch einen Abend oder nur noch ein Mal.

Eine neue Zeitrechnung. Davor und danach. Der erste Abend. Wir sind wieder im Trocadero, wie damals nach der Notaufnahme. Mischa sagt: »Das nächste Mal in meinem Tempo.« Und dass es immer ein nächstes Mal geben wird. Was für ein schöner Satz. Was für ein schöner Moment, als er mich festhält, so fest, dass ich tatsächlich nicht fallen kann, dass ich an diesem Abgrund stehe und ein paar Augenblicke lang ausruhe. Mischa ist da und wird nicht weggehen, ich weiß es, er muss nicht mehr weglaufen, er hat es aufgegeben, das Weglaufen, weil es ihm nichts, ganz und gar nichts genützt hat.

Wir sind betrunken, es ist spät. Die ersten Vögel melden sich, die Dämmerung hängt bläulich über der Stadt, aber für uns ist die Nacht noch jung, viel zu jung, um ans Schlafen zu denken. Ein Absacker noch, bei uns zu Hause. Wir lümmeln herum, rauchen, erzählen irgendwas, Mischa liegt wie Adonis persönlich auf dem Sofa ausgebreitet, seine Armmuskeln, seine Locken, seine Jeans, Paul sitzt auf dem Boden, ein Glas Weizen in der Hand, und ich gehe an die Stereoanlage, um Musik aufzulegen. Ich stehe da und schließe die Augen und tanze hin und her.

Es ist alles schon ausgemacht. Sie müssen darüber gesprochen haben. Sonst hätte Mischa Angst gehabt, irgendwen zu überrumpeln. Sie haben keine Angst. Auch um mich nicht.

Um mich braucht man sich keine Sorgen zu machen. Mischa steht plötzlich wieder hinter mir, küsst mir wieder den Nacken und drückt sich wieder an mich. Ich erschrecke nur ein wenig und drehe mich um, sodass ich noch mitbekomme, wie sich Paul und Mischa ansehen. Eine Verschwörung, eine Bruderschaft. Dieser Blick macht mich froh. Erfüllt mir den ältesten Wunsch. Sie lächeln sich an. Friedlich. Kein Kampf. Mich liebend. Mischa und Paul lieben Natascha, und sie lieben einander, und das ist ein Geschenk, das größte von allen. Manchmal schließt sich eine Wunde, der Schmerz ist Vergangenheit. Ich muss mich nicht mehr herumtreiben. Ich kann mich niederlassen, ankommen, Türen auf, aussteigen.

Ich achte auf uns. Ich passe auf. Jeder soll glücklich sein. Sie können alles von mir haben. Sollten sie beschließen, in eine Höhle in der Wüste zu ziehen, ich würde Feuer machen und Eidechsen essen und ihnen die Nächte versüßen, wenn nur diese Höhle Platz hätte für uns drei. Und wenn sie morgens loszögen, um zu jagen, würde ich ihnen nachsehen, einer würde im Weggehen den Arm um den anderen legen, sie würden lachen und die Köpfe nach hinten werfen und ihre Waffen in die Sonne halten, und ich würde selig lächeln wie eine Erleuchtete.

Ich habe Mischa dann einfach geküsst. Und Paul war auch da und zog mir schon mein Sweatshirt aus. Paul ist immer schnell. Als würde er sonst was verpassen. Dabei ist doch alles klar.

Bis zu dem Punkt, als sie beide zwischen meinen Beinen liegen. Ich habe ja noch den ganzen Groll in mir drin. Die ganzen vergangenen Wochen, Monate. So etwas vergesse ich ja nicht einfach, nur weil es gerade berauschend ist und heiß. Das ist ein Problem von mir, dass ich nichts vergesse. Dass ich immer einen Ausgleich brauche, bevor es wieder gut ist, ich brauche nun mal diesen Ausgleich. Und dass ich Paul wegschiebe, das ist nichts als Rache. Er soll dieses eine Mal im Hintertreffen sein. Den Kürzeren ziehen. Sich geschlagen geben.

Das ist schon seltsam, wie viel Freude der Junge mit meinem Orgasmus hat. Da sind sie alle wie Kinder. Mischa freut sich über Mischa, wie ein Bub, der ein großes Feuerwehrauto bekommt, oder noch besser, der sich ein großes, rotes Feuerwehrauto selber zusammenbaut und zum Laufen bringt und dann auch noch ein echtes Feuer löscht.

Diese kleinen Jungen erweichen einfach mein Herz.

Doch dann schiebt Mischa mir seinen Schwanz rein, und ich spüre ihn nun endlich, den Mischa-Schwanz, und er ist so hart, wie ein Schwanz nur sein kann, und meine Höhle nimmt ihn auf, und die Wände dieser Höhle spüren ihn heiß und deutlich, dieses einzigartige Gefühl der Reibung und des Ausgefülltseins, und es gehört ihm, dieses Gefühl, er macht mir das, Mischa, es wird ganz und gar ein Mischa-Gefühl, und jedes Rein und Raus fühlt sich an, als wäre sein Phallus einen Meter lang, und als er kommt, ist es, als spürte ich seinen Samen hineinschießen, obwohl ich weiß, dass das unmöglich ist. In diesem Augenblick erscheint nichts, absolut nichts mehr unmöglich.

Wir werden unsere Federn dafür lassen müssen, ich sowieso. Zu guter Letzt lasse immer ich die Federn und gehe gerupft aus den Geschichten hervor. Denn würde ich als Königin die Treppen meines Palastes hinuntersteigen, erhobenen Hauptes und im allerschönsten Kleid, dann hätte ich nicht das, was ich verdiene. So ist unsere Welt doch nicht, dass die schlimmen Frauen am Ende auch noch belohnt werden. Das wäre ja noch schöner.

29. KAPITEL

MISCHA: SCHWANZFLOSSE

Er lag bei sich zu Hause in der Wanne und fragte sich, ob es nicht angebracht war, sich ein paar Gedanken zu machen. Aber ehrlich gesagt, er scherte sich jetzt, hier, die Schaumfetzen auf der Brust, das heiße Wasser um ihn herum, nicht besonders um das, was vielleicht falsch oder irgendwie riskant an der Sache war. Es war, als wäre er wieder ein Kind, aber so ein winziges, so eines, das noch blauäugig in die Zukunft blickt, das noch nicht sprechen kann und vor allem über nichts nachdenken.

Dieser ganze Kram, der ihn fast um den Verstand gebracht hatte. Vorbei. Stattdessen: Natascha. Er dachte immer an sie, auch wenn er nicht an sie dachte. Sie war nicht mehr traurig. Sie leuchtete. Sie war auch nicht mehr schnell. Sein Tempo.

Jetzt in seinem Kopf diese Diashow. Er bekam schon wieder einen Ständer. War er, Mischa, zum Triebtäter verkommen? Zum gewissenlosen Perversen? Es war noch nicht allzu lange her, da hatte er sich noch ganz schön gequält wegen der paar Pornos auf seinem PC. Und jetzt? Natascha benahm sich diese Tage nicht viel anders als diese Pornomiezen, vielleicht würde sie irgendwann darüber erschrecken. Aber sie gab den Ton an, sie sagte, wo es langging, und sie bestimmte, wann Rücksicht auf

Paul zu nehmen war und wann alles egal war und sie sich gehen ließ und ihn liebte, ihn, Mischa. Sie redete immer mal wieder davon, wie es weitergehen und wo das noch hinführen sollte. Aber da weder er noch Paul sich für das Thema interessierten, wurde das nie vertieft. Natascha bestand nicht drauf, sie war nicht penetrant, sie merkte, wenn was gerade nicht angesagt war, und vertagte die Sache. Aber sie würde wieder damit anfangen, nebenbei, in den stillen Momenten, wenn sie den Dingen bereits ihren Lauf gelassen hatten, aber auch draußen, wenn sie tanzen waren oder in Kneipen herumsaßen. Es war, als hoffte sie, den richtigen Zeitpunkt zu erwischen, und als würde sie geduldig abwarten, alles andere als verbissen, aber doch mit erstaunlicher Zähigkeit. Sie nahm ihnen nichts übel. Oder doch? Sammelte sie was an? Wenn ja, wer würde es abkriegen?

Sie konnten bloß weitermachen. Es auf die Spitze treiben, vielleicht war das eine Möglichkeit. Aber war das nicht schon passiert? Wie weit sollten sie denn noch gehen?

Jetzt kam er also doch ins Nachdenken, das sollte er mal schön bleiben lassen. Er war schließlich mit niemandem verheiratet. Er wusch sich bloß den Gestank vom Körper, so eine Mischung aus Schweiß, Nataschas Mösensaft und Pauls pumahaften Ausdünstungen. Er, Mischa, war niemandem Rechenschaft schuldig. Er war geheilt, repariert, eingerenkt. Natascha, die Ärztin, die wusste, wie ihm beizukommen war und was er brauchte. Natascha ließ niemanden im Regen stehen. Sie war alles zugleich. Gab man ihr etwas, man bekam es vielfach zurück. Sie wurde nie leer und nie voll.

Eine komische Form von Glück. Irgendwie falsch. Geschenkt und geklaut, beides. Mischa würde Pauls Gesicht nicht so schnell vergessen. Das Gesicht der Niederlage. Ein altes Gesicht. Zusammengesackt, ergraut. Mit einem Lächeln, wie wenn man sich den Kopf gestoßen hat oben an der Tür vom Küchenschrank, und es tut wirklich sauweh, aber man lächelt, weil es so albern ist, und weil man selber schuld ist und schön blöd.

Nataschas Geste war grausam gewesen. Nur eine Handbewegung, aber eindeutig, unzweifelhaft. Und Mischas ganz persönliche Erlösung. Sie lag vor ihm, nackt, entblößt, die Beine weit gespreizt, und er sah sie an, er sah sie dort an, er ließ sich Zeit für diesen Blick, Minuten, hundert Jahre, er erlaubte sich diesen Blick, den verbotenen, ersehnten, er spreizte sie mit beiden Händen ein wenig auseinander, es sollte nicht grob sein, es sollte ihr nur zeigen, wie dermaßen schön das war, was sie tagein, tagaus zwischen ihren Beinen versteckte, mit der Weichheit, der Feuchtigkeit, den Härchen, dem hervortretenden Kitzler. Paul kam neben ihn, auch auf dem Bauch, auch ihre Möse vor der Nase.

Paul, was wollte er da jetzt.

Ach ja, sie waren zu dritt. Paul grinste ihn von der Seite an, eine Erlaubnis, ein Okay, eine Erleichterung, aber auch ein Schmerz, sein rasierter Schädel, sein Mund, Mischa konnte ihn nicht wegstoßen, wollte es auch nicht, wollte es schon, es ging hin und her. Mischa war betrunken. Das war gut. Er hätte sich nicht getraut, weiterzumachen, mit Paul neben sich, mit Pauls Ohr so dicht neben seinem, ein Ohrring dran, Mischas Hände an ihr, er wünschte sich, er hätte die Hände einer Frau, viel kleiner und viel zarter. Er fing an, sie zu lecken. Sie zu riechen und mit der Zunge zu spüren, und zu spüren, wie sie es wollte und ihm ein Stückchen entgegenrutschte, wie sie dankbar war und bereit und nass, das war, was ihn Paul vergessen ließ.

Sie waren zu zweit, Natascha und Mischa.

Endlich waren sie zusammen und allein.

Endlich war alles gut.

Dann kam Pauls Zunge dazu. Ein Stück Fleisch, das sich bewegte und Mischas Zunge berührte, immer wieder, eine zweite

Zunge gehörte da irgendwie nicht hin. Aber Nataschas kleine, quietschende Laute, ihre Schenkel, angespannt, ihr Geruch, da konnte man doch jetzt nicht einfach aufhören, nur wegen Paul. Dann kam diese Handbewegung von ihr, diese Geste, mit der sie Pauls rasierten Schädel von sich wegdrückte. Sie machte einen Ruck mit ihren Hüften, damit sie ganz unter Mischas Mund rutschte, und Paul war draußen.

Mischa sah ganz kurz auf.

Pauls Gesicht. Pauls Niederlage. Das beflügelte Mischa, jetzt wollte er es wissen und hörte nicht auf, und mit so einem Kitzler und dem feuchten Eingang darunter kannte er sich aus, er wechselte sich darin ab, sie zu lecken und dann den ganzen Mund über ihr Geschlecht zu stülpen, dann wieder die Zunge in ihr Loch zu stecken und so weiter, bis er merkte, jetzt durfte er nicht mehr aufhören, jetzt musste er dranbleiben, wie lange es auch dauern mochte. Es dauerte gar nicht so lange. Sie kam lange und still, nahm seinen Kopf in beide Hände und schenkte ihm ein entrücktes Lächeln, bevor sie ihn wieder losließ und sich zur Seite rollte. Sie nahm sofort Pauls Schwanz, erst in die Hand, dann in den Mund, wahrscheinlich, um Paul zu besänftigen. Das war in Ordnung. Das war die Ordnung des Universums, die Mischa wahrscheinlich nie verstehen würde, die man aber nicht einfach außer Kraft setzen durfte.

Er steckte ihr seinen Schwanz von der Seite rein.

»Kommt!«, rief sie irgendwann.

Was für ein Flehen. Auch ein Befehl.

Sie lagen schließlich kreuz und quer übers Bett verteilt, die Bettdecke irgendwo unten, wo sie drei sie hingestrampelt hatten.

Und erst jetzt kam Mischa dieser Gedanke. Sein Schwanz hatte durchgehalten. Es hatte nicht an Natascha gelegen oder an dem, was sie alle drei Verrücktes miteinander anstellten. Es war diese eine Geste gewesen. Pauls Gesicht, das hatte Mischa alles vergessen lassen, die ganzen Zweifel, den Schiss, die Fragen, sein Glied, das sich jederzeit verweigern konnte, sich zusammenrollen, ein eigensinniger, bösartiger Kobold.

Mischa fühlte sich wie ein Krieger nach der Schlacht, und die Schlacht war gewonnen. Der Bevorzugte zu sein, derjenige, den sie an ihrer Möse haben wollte, nicht Paul, den Kerl, den männlichsten Mann des Universums, nein ihn, Mischa.

Er hatte Natascha befriedigt und Paul nicht.

Das Gefühl war unglaublich. Auch, weil er sich schämte. Wie konnte er? Hatte er irgendein Recht darauf oder nur einen Grund? Hatte Paul ihm irgendeinen Anlass geliefert, ihm den Dolch in den Rücken zu stoßen und noch mal umzudrehen?

Paul verzieh ihm auch das. Mischa war sich nicht sicher, wem zuliebe. War es Natascha, der Paul einfach etwas gönnte? Oder war er es, Mischa, sein Freund, dem er auch etwas gönnte? So weit ging doch Freundschaft nicht. Aber Paul legte ihm nachher einen Arm um die Schultern, sie beide rochen nach Schweiß und nach Nataschas Saft, und Mischa schaute auf die Kissen, weinrot, weinrot sein Hirn, Paul seufzte, ein altes, aber auch ein zufriedenes Seufzen, ein Geräusch wie von einem Wal, der gerade eintausend Kilo Krill in sich reingepumpt hat und seine Schwanzflosse satt und träge noch einmal aufs Wasser schlägt. Konnte irgendwer so verdammt souverän sein? Oder spielte Paul ein Spiel? Zog er eine Show ab? Aber welche genau?

Mischa blickte nicht durch. Die mussten wissen, was sie taten, und sie wirkten alles andere als kopflos, die beiden, sondern ausgesprochen zielstrebig. Paul hatte die Sache geplant, von Natascha war nicht der geringste Einwand gekommen, kein Zögern, als wäre diese Dreiergeschichte schon lange dran gewesen, vielleicht hatten die das sogar zusammen ausgeheckt, das war denen zuzutrauen. Aber das ging jetzt schon zwei Wochen so. Und wenn es nach ihm, Mischa, ging, brauchte es nicht aufzuhören.

Er verteilte den Schaum in der Wanne und plätscherte herum. Seine Eichel schaute aus dem Wasser wie der Kopf eines Ur-Tierchens. Es schien ihm etwas sagen zu wollen. Jedenfalls hätte er schwören können, es zwinkerte ihm zu.

30. KAPITEL

NATASCHA: WAHN

Paul und Natascha warten auf Mischa. So könnte man das Bild beschreiben, das uns in einer Galerie zeigt, Acryl auf Leinwand oder Öl auf Leinwand oder Kreide auf Papier. Farben braucht man da eigentlich keine. Denn sind wir unter uns, Paul und ich, verlieren die Dinge ihre Farbe, das Sofa, unsere Bettwäsche, der Esstisch, der Teppich.

Paul und ich sitzen schweigend beim Essen. Oder schweigend vor dem Fernseher. Wir tragen beide an etwas, aber es ist nicht das Gleiche, deshalb können wir es nicht gemeinsam tragen. Etwas vom Gewicht abzugeben, das geht leider nicht.

Auch nur ein Wort zu verlieren wäre Verrat oder würde uns zwingen, ab heute etwas anders zu machen. Und das wollen wir nicht. Wir sind zu glücklich, wenn Mischa zur Tür hereinkommt, er kommt fast jeden Tag, manchmal schläft er zwischen uns.

Er hat keine Ahnung von der Wüste, die sich hier auftut, wenn er hinter sich die Tür zumacht. Ich frage ihn manchmal, wie es ihm geht. Aber er lacht nur.

Was wird aus Paul und mir, wenn Mischa wieder verschwindet? Was wird aus Mischa und mir, wenn Paul aussteigt?

Was wird aus Mischa und Paul, wenn ich einen mehr liebe als den anderen? Und liebe ich Paul noch?

Am Tag denke ich, wir werden uns nach dieser Geschichte wieder näherkommen, es wird uns verbinden, uns schließlich bereichert haben. Nachts denke ich, das kann nicht gut gehen. Alles spricht dagegen, dass hier irgendwer heil herauskommt. Doch, Mischa wird heil herauskommen. Er ist jung. Aber es kann auch ganz anders sein. Wir sind seine Eltern. Missbrauchen wir ihn? Ein Kind, das alles darf und alles bekommt. Das Kind, das Paul nicht war, das Kind, das ich nicht war. Bei dem wir alles anders machen als unsere Eltern. Wir sind liebevoll, aufmerksam und ohne eigene Ansprüche. Aber natürlich ist trotzdem alles nur zu unserem Besten, nicht zu seinem. Das ist kläglich.

Er kommt hier herein, und sofort bin ich glücklich. Es ist ein überdrehtes, wahnhaftes Glück, und jeder Wahn hat ja mal ein Ende. Es berauscht mich, dass ich aus der Wüste heraustreten kann mit einem einzigen Schritt und in den Dschungel eintreten, die feuchte Hitze wie eine Wand oder wie ein nassgeschwitztes Bett, in das ich schnell und gierig schlüpfe.

Das sind die schönsten Momente, wenn wir nach dem Sex und nach dem Wein und nach dem letzten Happen zu essen in unserem Bett liegen, ich rechts, Mischa in der Mitte, Paul links. Sie schlafen ein, und ich bleibe wach, um das Kostbare zu spüren, das Zerbrechliche und das Wunderbare. Wir liegen wie Fische in der Dose, um uns herum ein klebriges, schweres Öl. Und ich sauge mich fest an Mischas Rücken mit meinen Fangarmen und meinen Saugnäpfen und meinem kleinen, wie in Atemnot weit geöffneten Mund. Ich rieche an seinen Locken und will nicht einschlafen, um die Stunden zu dehnen, um nichts zu verpassen, bevor etwas passiert oder etwas hereinbricht, das uns weckt aus diesem Traum.

Wache ich morgens auf, sitzen sie meistens schon beim Frühstück, was ich Paul neide, oder Mischa ist schon weg, dann beginnt der Tag mit einer Enttäuschung und der Angst, Paul könnte ihn vertrieben haben. Wann hört das auf? Und wie? Abgerechnet wird zum Schluss.

31. KAPITEL

MISCHA: ABGRUND

Er lag auf ihrem Sofa herum. Es war riesig und weich, sodass es einen aufsog und in tausend Arme nahm wie ein Polyp. Hatte es einen im Vorbeigehen erwischt, und man lag nun da, wollte es einen nicht mehr hergeben, außer man nahm all seine Willenskraft zusammen und kämpfte sich raus, aber warum sollte man so was Verrücktes tun, nur um aufzustehen, nach Hause zu gehen oder sonst irgendwohin, wo es nur schlechter sein konnte, öder und sinnloser als hier.

Er musste nicht mehr davonlaufen. Nachts nicht, morgens nicht und schon gar nicht Sonntagabend kurz vor dem *Tatort*. Das war schon so eine Art Ritual geworden, sie drei und der *Tatort* und eine Flasche Rotwein und ein paar Chips oder eine besonders teure Schokolade, die Natascha besorgte.

Sie verpasste immer den Anfang, lief noch von der Küche ins Bad oder vom Bad ins Schlafzimmer, zog sich vielleicht noch ihre Jogginghose an, ja, so weit waren sie schon gekommen, Natascha in Jogginghose. Dann überprüfte sie noch mal alles, dachte ein paar Sekunden nach, holte noch schnell ein Paar wärmere Socken, um sich dann endlich, endlich mit einem deutlichen Ausatmen neben Mischas Kopf niederzulassen, alles in Reichweite, der Wein, das Glas, die Schokolade und er, Mischa, mit seinen Locken, in denen sie die nächsten anderthalb Stunden herumwühlte.

Er legte also seinen Kopf auf ihren Schoß, fühlte sich wie damals, wenn er mit seiner Mutter abends fernsehen und an ihrem Likör nippen durfte, hin und wieder hatte sie ihm die Augen zugehalten.

Wenn Natascha sich etwas nach vorn beugte, um von ihrem Wein zu trinken, kam ihr großer Busen auf seinem Ohr zu liegen wie ein Kissen und schaltete für einen Moment den Ton ab, und er spürte die Schönheit dieses Moments, seine klare, unmissverständliche Schönheit, und hatte trotzdem keine Angst.

Er wollte nur bleiben, liegen bleiben, sich nicht rühren, es sollte dauern, solange es irgendwie möglich war, auch wenn er sich nie wieder bewegen durfte, er würde sich nicht beschweren, über gar nichts. Er fühlte sich so sicher, wie man sich bestimmt nicht fühlen durfte, aber er hatte einfach keine Angst.

Das lag daran, dass da noch jemand war, am anderen Ende der Couch, der saß da und hielt Mischas Füße fest. Es war, als hinge Mischa mit dem Kopf über einem Abgrund, aber Paul hielt ihn fest, bereit, richtig zuzupacken. Manchmal klopfte Paul einfach ein paar Mal auf Mischas Waden, wie um zu sagen, keine Sorge, ich hab dich. Genauso war es nachts, wenn Mischa zwischen ihnen lag. Sie legten ihn in ihr riesiges Bett, rechts Natascha, links Paul. Und Mischa drehte sich auf die Seite, um Natascha zu umarmen, um sie so nah wie möglich an sich dran zu spüren, ihr frisches T-Shirt, das sie vor dem Schlafengehen drüberzog, ihren nackten Hintern, ihre Oberschenkel und ihre kalten Füße. Momente ohne Geilheit, mit dem einzigen Wunsch, bis zum Morgen so liegen zu bleiben und dass ihr nichts passierte, dieser Frau, dass es ihr gut ging, dass keine üblen Gedanken ihren Schlaf durchkreuzten, dass sie vielleicht lächelte, wenn sie morgens im Halbschlaf seine Hand nahm, dass sie ruhig war und zufrieden und nichts auszusetzen hatte, damit er, Mischa, dableiben und immer wiederkommen durfte.

Paul lag dann mit etwas Abstand hinter ihm, in T-Shirt und Boxer-Shorts, und legte eine Hand auf Mischas Hüfte, Mischa spürte sie nachts schwer und ruhig auf sich liegen, wenn er kurz aufwachte und nicht gleich wusste, wo er war, und es nicht glauben konnte. Und wieder hielt Paul ihn fest damit, sodass er nicht abdriften konnte. Ein Anker, an dem das Boot festgemacht ist.

Da lagen sie also wie die Löffelchen, oder wie Kinder, die allein im Haus waren und sich fürchteten, oder wie Eltern mit ihrem Kind, das krank war oder schlechte Träume hatte. So hatte er sich das immer vorgestellt, so war das, wenn eine Familie komplett war. Wenn es einen Vater gab, der da war, anwesend, ein Körper, behaart, ein Bauch, an den Armen Muskeln, und eine Mutter, sanftmütig, gütig, weich und warm, die sich sorgte um den Schlaf ihres Jungen.

Paul schnarchte manchmal ein bisschen, aber dann musste man ihn nur auf die andere Seite drehen, und er war wieder ruhig, seine Hand blieb dabei auf Mischas Hüfte liegen, wie er das anstellte, das war Pauls Geheimnis. Natascha gab im Schlaf zarte hohe Töne von sich, die aus ihrer Nase kamen. Frühmorgens, wenn die Vögel anfingen zu zwitschern und die Nacht langsam ihre Farbe änderte, lag sie meistens auf dem Rücken, ihre Haare um sie herum auf dem Kopfkissen ausgebreitet, als würden sie in einem Teich auf dem Wasser treiben. Nataschas warmer, weiblicher Geruch war dann am intensivsten, er schnupperte manchmal an ihr, während sie sich rekelte, bis Paul aufwachte und sich streckte und dabei tierische Geräusche von sich gab.

Natascha erpresste ihn nie. Sie mochte ihn und erwartete nichts, außer dass er da war und wiederkam, wenn er mal wegging. Er wusste nicht, ob sie einen geheimen Plan verfolgte oder ein Konzept tief in ihrer roten, geheimnisvollen Handtasche vergraben hatte, aber es schien eher so, dass ihnen dreien die Konzepte längst ausgegangen waren.

32. KAPITEL

PAUL

Im Nachhinein kommt es mir vor, als hätte allein dieser eine Abend alles verändert und jene Flutwelle in meinem Leben ausgelöst. Aber das hatte sich angekündigt, und ich glaube, uns dreien war ab einem gewissen Zeitpunkt klar, dass wir nicht mit heiler Haut davonkommen würden, keiner von uns. Seltsam war nur, dass wir alle drei so taten, als hätten wir es mit ein bisschen Spaß zu tun, einer Episode, die irgendwann vorbei sein würde.

Dabei hatten wir wirklich viel zu verlieren. Vor allem Natascha und ich.

Ich hatte sie lange nicht mehr so glücklich gesehen. Vorbei ihr Grübeln, ihre schlaflosen Nächte, das grimmige Herumlungern vor dem Fernseher, eine Serie nach der anderen, eine Casting-Show nach der anderen. Sie plapperte wie früher, sprang durch die Wohnung wie früher, zu dieser Musik, die sie plötzlich mit nach Hause brachte, irgendein Disco-Zeug, kaufte sich hohe Schuhe, sie war verknallt, keine Frage. Deshalb habe ich ihre Verletzlichkeit so fatal unterschätzt und die Tiefe der Kränkung, die ich ihr zufügen musste.

Sie sagte mal, sie sei enttäuscht von den Männern. Ich wusste gleich, was sie meinte. Auch ich war enttäuscht. Männer lieben immer nur sich selbst. Wie beleidigt sie sind, wenn sie nicht sofort verstanden und berücksichtigt werden. Ich konnte jede Enttäuschung verstehen. Ich wusste Bescheid.

Und jetzt gehörte ich also dazu. Ich war die Enttäuschung.

Ich hatte mir das so schön zurechtgelegt, dass Natascha mit ihrer Verliebtheit in Mischa so etwas wie Schutz genoss, dass der Schlag sie nicht so hart treffen würde. Wir haben uns eben alle betrogen.

Mischa war wie eine neue, besonders gefährliche Droge für mich, und als Süchtiger machte ich mir eine ganze Weile etwas vor, und als das nicht mehr möglich war, nahm ich alle Kraft zusammen, meine Schwäche zu verheimlichen. Es war, als versteckte ich Flaschen und Tabletten an den unmöglichsten Orten, wie meine Mutter das getan hatte. Manchmal war es eine Art Sport, ein Wettkampf gegen die Spürnase meiner Frau und gegen Mischas Instinkt, der sich immer schwerer täuschen ließ. Dann wieder war es einfach, lächerlich einfach, weil sie so sehr miteinander beschäftigt waren, dass ich mir manchmal wie unsichtbar vorkam und mich bemerkbar machen musste, sie sahen mich dann erstaunt an, aufgeschreckt, freundlich, aber überrascht.

An jenem Abend lief mir alles aus dem Ruder, und ich vergaß sogar zu lügen, obwohl die Lüge inzwischen zu mir gehörte wie meine Glatze und meine schlechte Laune. All diese aufgebauten, aufgestapelten Lügen, dieser wackelige Turm, der immer noch ein Steinchen aushalten musste, noch ein Klötzchen. Vor allem war es Mischas sinnliche Präsenz, die den Turm ins Wanken brachte, die Wucht der Schönheit seines Körpers, den er immer ein wenig hilflos durch den Raum bewegte, als wäre sich ein sehr starker Mann, ein Gewichtheber, seiner Kraft nicht bewusst und bewegte sich wie ein schmächtiger Junge.

Natascha hatte den Wein aufgemacht, wir warteten auf Mischas Läuten. Denn obwohl sie ihm schon nach zwei Wochen einen Schlüssel gegeben hatte, benutzte Mischa ihn nie. Das war wohl seine Höflichkeit, die gute Erziehung oder seine Angst, bei uns doch noch in Ungnade zu fallen. Wir warteten und freuten uns heimlich, jeder für sich, waren aufgeregt und damit beschäftigt, uns nichts anmerken zu lassen, also ruhig dazusitzen, zu lächeln, etwas Belangloses zu sagen, entspannt zu tun.

Mischa kam rein mit einem Schwung und einer Fröhlichkeit, beides ansteckend wie die Grippe. Er gab Küsschen, hängte nebenbei seine Jacke über die Garderobe, zog brav die Schuhe aus, ich stand daneben und sah ihm zu, er war doch längst kein Gast mehr, der zu Besuch ist, sondern jemand, der nach einem Ausflug hungrig nach Hause kommt.

Ich brachte den Wein ins Wohnzimmer, die Stadt leuchtete durch die Nacht zu uns herauf, er schnappte sich sein Glas, prostete mir zu, lächelte, und ich wusste wieder einmal nicht, ob er mich provozieren oder besänftigen will, war das Verlegenheit oder seine jungenhafte Zuneigung. Er steckte seinen MP3-Player an meine Anlage, weil er wieder Musik dabeihatte, die er uns vorspielen wollte, stand da mit dem Rücken zum Zimmer in seinen Jeans, in seinen schwarzen Socken und in seinem grauen T-Shirt, das auf dem Rücken einen geflügelten Aufdruck hatte, wie ein Tattoo. Seine Schulterblätter bewegten sich.

Natascha lehnte sich an ihn dran und legte den Kopf an seinen Rücken, während er noch mit den Steckern zu tun hatte, sie konnte es wirklich nicht erwarten, ihn anzufassen. Mischa legte kurz den Kopf in den Nacken und gab ein Geräusch von sich, wie ein Seufzen, das mir wehtat, fast hätte ich das Gesicht verzogen, wie wenn ich etwas Kaltes trinke und meine Zähne schmerzen.

Ich hielt mich zurück, wie immer. Ich wollte es laufen lassen, so lange wie möglich, so lange wie irgend möglich. Er bewegte sich hin und her zu dem Lied, sagte »Hör auf den Text, Paul, du musst auf den Text hören!«, und ich hörte auf den Text, Tag am Meer, dieses Meer, das war bei uns, es füllte jede noch so versteckte Ecke des Zimmers aus, fast hörte ich es rauschen.

Natascha saß später auf dem Sessel, nackt, mit gespreizten Beinen, und wollte von uns was sehen, von Mischa und mir, wir sollten uns küssen, sie lachte überdreht und war die Königin am Set und wir ihre Diener. Natürlich machten wir, was sie sagte. Das hatte sich so eingespielt, wäre auch nicht anders gegangen, ihre Kommandos waren kleine, gnädige Absolutionen für mich.

Ich küsste Mischa leicht zwischen die Schulterblätter, er kicherte. Wandte den Kopf zu Natascha und nahm weniger mich wahr mit meinen zarten Bemühungen als sie mit ihrem gierigen Blick und ihrem feucht schimmernden Geschlecht. Ich streichelte ihm den Rücken, seinen runden, festen Po, ließ eine Hand zwischen die Backen gleiten. Er war jetzt still, nicht mal sein Atem war zu hören, als würde er die Luft anhalten, und ich langte um ihn herum und bekam seinen Schwanz zu fassen, ein kräftiger, schöner Bogen, heiß und hart, mit einer samtweichen, trockenen Spitze. Dass Mischa immer noch Natascha fixierte, um sich Mut zu machen und um nachzusehen, ob sie auch wirklich alles mitbekam, hätte mir natürlich meine Kläglichkeit bewusst machen, meinen hoffnungslosen Irrtum aufklären müssen. Aber da war seine Erektion und die dunkle Seele zwischen seinen Pobacken und zugleich diese uralte, so lange geknechtete Lust in mir, die mich regelrecht übermannte. Ich drängte mich von hinten an ihn heran, und er zuckte nicht gleich zurück, ein für mich kostbarer, ermutigender Moment. In Wahrheit nur eine Schrecksekunde, geschuldet der Nervenleitungsgeschwindigkeit. Aber das genügte mir, ich drängte weiter und sagte: »Ich wünsche mir das schon die ganze Zeit.«

Mischa rief: »Hey!« und lachte, aber ich hörte nicht auf, mein steifes Geschlecht gegen seinen Hintern zu drücken, hielt dabei mit beiden Händen seine Hüften fest, um ihn nicht entkommen zu lassen. Diese Augenblicke des Gerangels, als er versuchte, sich zu befreien, mein verzweifeltes Festklammern, sein Zurückweichen, bis er schließlich mit einem kräftigen Ruck von mir wegrollte. Er sah mich an, die Augen noch etwas dunkler als sonst, dann rückte er noch weiter weg und sagte nur: »Paul?«

Eine strenge, eindeutige Frage. Sie rührte mich. Ich musste ihm antworten. Ich hätte vielleicht noch etwas retten können, wenn ich gelacht und ihn geboxt und Natascha zu uns gerufen hätte, aber mein Entsetzen war zu groß, mir fiel nichts ein als die Wahrheit.

»Mischa, ich habe mich in dich verliebt«, sagte ich. Hob beide Hände dabei, wie um einen Schlag abzuwehren.

Erst lachte er. Dann kam so langsam an, was ich gesagt hatte, mein Gesicht trug wahrscheinlich seinen Teil bei, ich war ernst, so ernst wie es überhaupt möglich ist. Und dann musste er wirklich keine Sekunde überlegen, um zu antworten.

»Aber ich bin nicht in dich verliebt, Paul. Ich will deine Frau, und zwar für mich allein.«

Eine Stille, scheinbar endlos, die ganze Nacht lang und den nächsten Tag über auch noch, die nächsten Monate, das folgende Jahr, nur Schweigen, die Musik, wir saßen unbeweglich da und warteten.

»Seid ihr verrückt geworden?« Natascha presste ihre Beine zusammen und schüttelte den Kopf. »Was soll das heißen, du bist in Mischa verliebt? Wir sind alle verliebt. Und du bist doch nicht schwul.«

»Doch, Natascha, ich bin schwul. Also etwas in der Art.«

Ich gackste hilflos herum.

»Etwas in der Art? Wie bitte? Das fällt dir jetzt ein? Heute?«

»Nein, das weiß ich schon lange.«

»Ach.«

Sie lehnte sich zurück, starrte auf den Teppich, wo unsere Wäsche herumlag.

»Ich habe ein heimliches, schwules Leben. Ich schlafe mit Männern. Ich liebe dich, Natascha. Ich dachte, das kann so weitergehen.«

»Ach«, meinte sie wieder. »Und du glaubst, du erzählst mir da was Neues, ja? Überraschung, Natascha, dein Mann treibt es mit Männern. Pf … Träum weiter!«

Sie zuckte mit den Schultern.

»Was?«

Ich dachte ganz kurz, ich hätte nicht richtig verstanden. Oder sie würde bluffen. Aber dann machte sie kurzen Prozess.

»Ich hab deine Pornos gefunden, Darling. *Scharfe Jungs knallhart genommen*? Muss ich noch mehr sagen?«

Ich hasste sie. Erst hasste ich sie.

Ich lachte sogar.

Dann dachte ich an die Magazine. Daran, dass sie das gesehen hatte. Durchgeblättert. Sich eingeprägt. Mein Kopf brannte. Schweiß drängte sich durch jede einzelne Pore meiner Haut, lief mir unter den Achseln und an der Brust herunter. Ich wusste nicht mehr, wo ich jetzt hinsehen sollte. Wie ich sitzen, wie ich mich bewegen sollte.

Mischa stand auf und begann, seine Kleider zusammenzusammeln.

»Ich gehe jetzt«, sagte er.

Natascha: »Warum?«

»Ich dachte, du bist mein Freund!«

Seine Stimme war laut und fremd. Er schaute mich nicht an.

»Ich bin dein Freund! Ich begehre dich, na und?«

»Na und? Was bist du für ein Lügner! Ich dachte, du interessierst dich für mich! Ich dachte …«

»Himmel noch mal, du dachtest. Ich bin dein Freund, und ich bin schwul. So viel Verachtung für mich?«

Das brachte ihn noch mehr auf. Er machte mit seinen Sachen herum und schaffte es nicht, sein T-Shirt richtig herum zu drehen. Er schmiss es auf den Boden und rief: »Scheiße!«

Ich wollte mich anders fühlen. Das Brennen in meinem Kopf musste aufhören. Nur deshalb sagte ich: »Du bist nicht so schlecht gefahren, oder? Immerhin bist du auf die Weise an meine Frau rangekommen.«

Er fackelte nicht lange. Er stürmte auf mich los, zog mich am Oberarm ein Stück hoch und schlug mir mit der Faust ins Gesicht. Es tat höllisch weh. Ich schmeckte Blut. Eine Genugtuung. Mit der Zunge stieß ich an einen wackeligen Schneidezahn. Jetzt fühlte ich mich anders. Besser.

Natascha schrie: »Hört auf! Hört sofort auf!«

Ich war nicht dafür, dass er aufhörte.

Er hielt mich immer noch gepackt und schrie mir ins Gesicht. »Ach ja? Und du wolltest über Natascha an meinen Arsch?«

»Ja, genau«, sagte ich und spuckte Blut auf den Teppich.

Er schlug noch einmal zu.

Mir wurde schwindlig. Er ließ mich los, und ich sackte zusammen. Ich hörte Natascha rufen: »Mischa! Das ist Paul!«

Es klang wie von weit her. Ich hatte mich noch nie so schwach gefühlt. Alles, was ich sagen wollte, konnte ich nicht aussprechen. Dass auch Natascha uns benutzt hatte. Dass wir uns alle benutzt hatten.

Mischa schluchzte.

Natascha ging zu ihm und nahm seine Hand und führte ihn zum Sessel und setzte ihn da hin. Als würde sie ein Kind bei der Hand nehmen. Als müssten sie gemeinsam einen dunklen Wald durchqueren, brauchten aber keine Angst zu haben, denn sie war ja da, sie passte auf. Ich begriff, dass ich niemals zugelassen hatte, ihr Kind zu sein, und wie dumm das gewesen war. Ich wurde ganz traurig davon. Sie war eine gute Mutter, gleichermaßen tatkräftig und gelassen. Man konnte jeden Wald mit ihr durchqueren.

Alles wurde Wald um mich. Dunkel, undurchschaubar.

»Du kannst jetzt nicht gehen«, sagte sie leise zu Mischa.

Ich sah ihn lächeln. So verfallen war er ihr. Sie lächelte auch und strich ihm übers Haar. Dann erst kam sie zu mir und fragte, ob alles okay sei.

Ich versuchte zu lächeln.

»Alles okay«, sagte ich.

Aber sie hörte mich nicht und rief: »Paul, alles in Ordnung?«

»Ja«, sagte ich, aber sie hörte es wieder nicht.

»Mischa, mit Paul stimmt was nicht!«

Sie beugten sich über mich, die beiden, den einen wollte ich haben, beinahe um jeden Preis, die andere wollte ich nicht hergeben. Ihre Köpfe über mir wurden riesengroß und winzig klein. Ich versuchte wieder zu lächeln, aber mein Gesicht machte, was es wollte, und ich wusste nicht was.

Es war jetzt alles egal. Ich konnte mich nicht mehr bewegen. Ich wollte sagen, dass ich schlafen müsse, dass wir morgen über alles reden würden, aber meine Zunge lag als schwerer Klumpen in meinem Mund. Ich schaffte es nicht, sie anzuheben.

Dann war ich weg.

*

Eine kleine Gefäßausbuchtung im Gehirn war ausgeblutet, ein Aneurisma, das ich wahrscheinlich schon sehr lange als winzige Zeitbombe in meinem Kopf herumgetragen hatte. Ironie des Schicksals, dass Mischa es war, der die Bombe zum Platzen brachte. Ich brauchte über ein Jahr, um mich zu erholen. Und wurde nicht mehr der Alte.

Ich könnte nach allem behaupten, ich würde mich für Natascha freuen, weil sie jetzt schwanger ist, weil sie sich nach einem Jahr, in dem sie von Männern gründlich die Nase voll hatte, wieder einen Typen geangelt hat, bildhübsch natürlich, ein Schauspieler. Weil sie mit ihm nach Berlin gezogen ist und dort in der Szene ihr Kind aufziehen wird, nicht im Vorort, nicht in der Tristesse, die sie so fürchtete, sondern mitten im Leben. Ich sehe sie über den Prenzlauer Berg ziehen, sie stakst mit hohen Schuhen hinter dem Kinderwagen her, ganz ohne diese Bitterkeit der Mütter, die um irgendetwas betrogen wurden.

Aber ich freue mich nun einmal nicht, überhaupt nicht, und ich will ja nicht mehr lügen, niemandem mehr etwas vormachen, deshalb habe ich Natascha nur ein Mal besucht und sie nicht beglückwünscht. Ich sagte ihr nur, wie unglaublich neidisch ich sei und wie schön es gewesen wäre, sie als Mutter meines Kindes zu erleben. Stattdessen hatte ich mich immer nur aufgespielt und war immer geiziger geworden, und das ist es, was ich mir noch immer vorwerfe, dass ich sie so habe verhungern lassen an meiner Seite.

Natascha wollte ein Kind haben, aber es sollte nicht Mischa heißen, es sollte nicht ihr Geliebter sein, und das war eine weitere ihrer weisen Entscheidungen, die mir so fehlen, die mich so ratlos und hilflos zurückließen, sodass ich noch immer nicht genau weiß, wann ich es richtig mache und wann nicht und wann ich wieder Gefahr laufe, einen neuen Turm zu errichten. Auch Thomas hat alles andere verdient als einen Lügenturm.

Er begleitete mich neulich auf eine von Mischas Shows. Mischa wollte unbedingt, dass wir kommen. Er war glücklich wie ein Kind, weil ich wieder gesund war, und brauchte meine Erlaubnis für sein neues Leben, meine Anerkennung, meinen

Stolz, und allein, dass ich da war, genügte ihm. Thomas und ich saßen in der ersten Reihe, VIP-Karten, und ich war wahrhaftig stolz, als liefe da mein eigener Sohn über den Laufsteg, auch wenn dieser Stolz noch so albern sein mochte. Und ich weiß nicht, wer von uns eifersüchtiger war, Thomas mit seiner Nervosität und seinem hingerissenen Starren oder ich mit meiner stillen Sehnsucht und meinen zynischen Bemerkungen über Mischas unheilbare sexuelle Präferenz. Seit die Modeindustrie ihn in den Fingern hat, ist er ein Profi seines eigenen Körpers geworden, er lief an mir vorbei in einem schmalen Anzug, so lässig, so erhobenen Hauptes, die Locken gestutzt, und da war nichts Hilfloses mehr, was ich natürlich ein wenig bedauerte. So wie ich immer ein leichtes Bedauern spüre, wenn ich ihn sehe, nur noch ein Anflug jener Trauer, die mich über Monate hinweg lahmgelegt hat, mit dem einzigen, wenn auch geringen Trost, alles genau so verdient zu haben.

Mischa hat sein Studium tatsächlich beendet, aber ich glaube nicht, dass er jemals in seinem Beruf arbeiten wird. Wenn er zu alt ist fürs Modeln, wird er beim Fernsehen landen oder eine Agentur eröffnen oder mit Modefotografie anfangen. Dass ich ihm noch immer alles zutraue und so enorm viel von ihm halte, das brauche ich Thomas gegenüber nicht zu erwähnen, er weiß auch so Bescheid. Manchmal zieht er mich damit auf, manchmal wird er still, und das wird er nur, wenn er traurig ist, was mich verrückt macht, weil ich es als unverdientes, spätes, riesiges Glück betrachte, dass ich ihn für mich gewinnen konnte. Mehr kann ich vom Leben nicht verlangen, und das ist der Grund, warum ich Mischa nicht zu meinem Freundeskreis zähle. Weil ich vor keinem Rückfall gefeit bin.

DIE AUTORIN

Heike Duken, 1966 in München geboren, studierte Psychologie. Sie arbeitet als Psychotherapeutin in Nürnberg, ist Seminarleiterin und Trainerin und führt Workshops in der Marktforschung durch. Sie liebt das Reisen, die Musik, natürlich gute Literatur und, seit sie die Buchstaben kennt, auch das Schreiben. In Literaturzeitschriften und Anthologien veröffentlichte sie Kurzgeschichten. »Triebspiel« ist ihr Debütroman.

Heike Duken
TRIEBSPIEL
Roman

ANAIS Band 33
ISBN 978-3-86265-236-5

ANAIS ist ein Label des Berliner Schwarzkopf & Schwarzkopf Verlages.

1. Auflage, März 2013

Lektorat: Sylvia Gelinek
Titelbild und Bild im Textteil: © Shkvarko/shutterstock.com

KATALOG
Wir senden Ihnen gern kostenlos unseren Katalog
Schwarzkopf & Schwarzkopf Verlag GmbH | Leserservice ANAIS
Kastanienallee 32 | 10435 Berlin
Telefon: 030 – 44 33 63 00 | Fax: 030 – 44 33 63 044

INTERNET | E-MAIL
www.anais.de | info@anais.de